天下父母

父母之爱，
儿女之孝，
人间大爱，
成功家教。
《天下父母》演绎人间至爱真情，
弘扬中华民族的传统美德。
一个个真实的故事，
感人肺腑，
催人泪下；
高尚可贵的人间亲情，
像火种，
点亮每一位读者心中的爱之灯……

总 主 编　韩国强　祝丽华
总 策 划　刘东杰
副总主编　陈英南　刘大伟
本册主编　吕明晰
本册副主编　陈 沛　张茂聪
编写人员　（以姓氏笔画为序）

　　　　　王建平　王　洁　卢松波　吕明晰

　　　　　吕　琳　刘　雯　刘　晖　孙立军

　　　　　孙华超　陈　沛　邱长海　何　琳

　　　　　张　雷　张　晋　李秀伟　李德花

　　　　　邹珊珊　吴　雷　孟广征　房雪冰

　　　　　林　静　逄海燕　姜良巨　胡　伟

　　　　　凌　寒　徐　昕　韩　莹

责 任 编 辑　孟旭虹
美 术 设 计　革　丽
封 面 绘 画　尹延新
摄　　　影　吕明晰　施晓亮　陈　沛
校　　　对　冯秀文

天下父母 丛书

总主编／韩国强／祝丽华

主 编／吕明晰

副主编／陈 沛／张茂聪

儿女孝道

山东教育出版社

图书在版编目（CIP）数据

儿女孝道 / 吕明晰主编. —济南：山东教育出版社，2010

（天下父母 / 韩国强，祝丽华主编）

ISBN 978-7-5328-6670-0

Ⅰ.①儿… Ⅱ.①吕… Ⅲ.①故事—作品集—中国—当代 Ⅳ.①I247.8

中国版本图书馆 CIP 数据核字（2010）第 040111 号

天下父母丛书

儿女孝道

总主编：韩国强　祝丽华

主　编：吕明晰

主　　管：山东出版传媒股份有限公司

出 版 者：山东教育出版社

　　　　　（济南市纬一路 321 号　邮编：250001）

电　　话：（0531）82092664　传真：（0531）82092625

网　　址：http://www.sjs.com.cn

发 行 者：山东教育出版社

印　　刷：山东新华印务有限责任公司

版　　次：2014 年 4 月第 1 版第 3 次印刷

规　　格：787mm × 1092mm　1/16

印　　张：14 印张

书　　号：ISBN 978-7-5328-6670-0

定　　价：27.00 元

（如印装质量有问题，请与印刷厂联系调换）

电话：0531-82079112

总序

· · · · · · · · · ·

　　山东是儒家文化的发祥地,在这片土地上涌现出多少可歌可泣的敬老孝亲故事。子曰:"夫孝,德之本也,教之所由生也。"父慈母爱、子孝女敬是社会和谐的基础,是我们应当大力弘扬的基本社会伦理道德。

　　改革开放以来,我国在物质文明和精神文明建设方面取得的巨大成就有目共睹。然而,在社会发展的过程中,许多优秀的传统文化被边缘化了,消费文化、网络文化等占据了主流。家庭、学校、社会道德教育又没有及时跟进,加之在独生子女教育等问题上我们还没有形成系统有效的理论和做法,由此造成了部分青少年价值观的失落、亲情孝道精神的缺失。"染于苍则苍,染于黄则黄。所入者变,其色易变。"如何为社会创造一个良好的呵护亲情、感恩社会的环境,理应成为当前思想教育工作必须高度关注的一个问题。

　　埋怨和找借口是没有意义的。今天,当家长把更多的责任推诿于学校时,当教师因学生的不良习惯而对其家庭表示不满时,我们其实忽略了一个共同的问题:孩子的成长是受许多综合因素影响的。家庭教育、学校教育和社会教育没有轻重之分,只是侧重点不同而已,这就是说,孩子的发展应当是多维的,家庭、学校、社会三方合作是实现孩子健康成长的条件。

　　科学发展观是中国特色社会主义理论体系的最新成果,是发展中国特色社会主义必须坚持和贯彻的重大战略思想。科学发展观强调以人为本发展、全面协调发展、可持续发展,这是当前国家社会发展的基本理论,是实现经济、政治、文化和社会"四位一体"发展的基本理论,进而构建具有和谐意蕴的社会形态。每一个人、每一个家庭都是构成和谐社会的重要因素。基础是什么呢?子曰:"弟子入则孝,出则弟,谨而信,泛爱众,而亲仁。行有余力,则学文。"可见,在孔子看来,孝悌为先,学文还是退居其次的。其实,一部《孝经》早已说出了中华传统美德之本。对于孩子来说,常怀感恩之心是最重要的。而对于成年人来说，在我们日益为所谓"地球村"让世界人民可以更加接近而感到欣慰的时候，这个流动的世界却把我们的心匆忙地分开了。所谓的"忠孝"，很多时候也只能在人们的心中默默留存。很多人会把对社会的责任、对事业的执著当做是一种忠诚，而对工作、对人生的负责也可以算做对父母孝道的一种延伸。所以，既能做到对父母的孝，又能做到对事业、对国家的忠，这是自古以来许许多多善良的人最高的人生追求。

山东电视台的《天下父母》节目开播5年来，通过真实生动的故事和嘉宾访谈，引起无数观众的强烈共鸣，感动了许许多多的家庭，在社会上产生了巨大反响。2009年3月22日，中宣部刘云山部长到山东电视台观看了《天下父母》节目后，给予其充分的肯定，并指示一定要坚持做下去。

《天下父母》丛书从200多期节目中精选了98个最为感人、最为精彩的典型事例作为蓝本，进行更加深入的挖掘和再创作，由名家为每一篇真情故事撰写精彩的导语，由教育专家对每个事例所蕴含的思想及启迪意义给予精辟的点评与解读，进一步凸显了这些真情故事的精神内涵，是一套启迪智慧、点燃真情的好教材。

《天下父母》丛书所讲述的一个个孝敬父母、爱护子女、关爱他人的动人事例，必定会给人们一种心灵的震撼，一种灵魂的净化，一种情操的洗礼，一种道德的升华。

是为序。愿与大家共勉。

李宝库

（序者为中国老龄事业发展基金会会长、
全国敬老爱老助老主题活动组委会主任）

前言

········

　　冬去春来，大自然的轮回一年又一年；生老病死，人的轮回，一代又一代。就这样，地球上的生物繁衍了几亿年。几亿年发生了很多事，但却只证明了一个道理：万物生长有规律，有秩序。然而，曾几何时，我们人类把规律视为教条，把秩序称为腐朽。于是，这个社会，便没有了秩序，人们开始在道德上沦落。

　　这还需证明吗？世界上的事就是这样怪，大家熟视无睹的事太多，已经证明了几千年的道理，却还需要许多人费尽心机再去证明，无数次去证明。

　　孝道，就是这样一个已经被无数次践行，但还需要许多年许多人继续去践行的道理。有研究表明，人类尽管发展了几千年，但智力水平并没有质的飞跃，换言之，就是今天的人和几千年前的人聪明的程度没有太大变化，但为什么经过几千年人类社会反复验证过的一种社会意识，一个治国平天下反复使用过的理念，却在几十年的时间里被洗刷得痕迹了无，被遗忘到社会的角落里了呢？以至于这样一个被中国人吟诵了几千年的词汇，居然让很多人难以启齿把它说出来。

　　父母爱孩子，是属性；孩子爱父母，是人性。

　　我们讴歌属性，我们彰显人性，这就是我们出版这本书的目的。但我们没有说教，我们是通过一个个感人的故事，去传达一个穿越了几千年时空却还在熠熠发光的理念。我们真诚地希望这本书能让更多的人感知父母的爱，让更多的儿女把孝道作为自己做人的一个准则。只有这样，社会才是一个和谐的社会、一个充满温情的社会，人才是一个有情有义的人、一个有爱心的人，也才有可能成为真正意义上的成功的人。

吕明晰

目录

1 | 孝道调查——提倡亲情孝道，关心农村老人

一个沉重的话题，
一份崇高的责任，
人民代表的良知呼唤——
《孝道调查》带你走进农村老人的生存现状，
呼唤孝道，关爱老人。

12 | 土旺村的婆媳们

婆媳对对碰，碰出好民风。
新农村、新景象、新风气，
一段和谐村庄的佳话，
一个孝道治村的成功典范。

19 | 鑫秋

飞来横祸使父亲双目失明。
妈妈离开，两岁女儿却选择留下，
理由居然是"我要给爸爸夹菜"。
一个催人泪下的故事，一段父女之间的真情。

29 | 五世同堂大家庭，孝道传家

百岁老人当场献艺别有一番情趣，
孝顺儿女细说往事甘苦更有滋味。
想知道长寿的秘诀吗？
敬请细读！

37 | 大导演和老妈妈

荧幕上大导演叱咤风云，
银幕下孝二老事迹感人。
一瓶乳汁，说不尽母恩天高地厚；
喊一声妈，道不尽儿子孝心无边。

1

46 │ 孝女黄薇

她是央视《半边天》的著名主持人,
多次扮演邓颖超的特型演员,
更是一个大孝女。
对父亲,十年的精心伺候赎不回痛心的歉疚;
对母亲,百般呵护让母亲笑口常开,欢度晚年。

57 │ 肥姐和她的乖女儿

年仅4岁的曦梦机智沉着,救了母亲一命。
因为她的善良,一个即将破碎的家再获温馨。
为了实现姥姥、姥爷的理想,她立志要考上清华大学。
人们不禁要问:为什么小小年纪的她就这么懂事?

63 │ 寻梦

苏妈妈做怪梦,天天心烦意乱。黄家女去寻亲历尽曲折。

73 │ 圆梦(《寻梦》续)

功夫不负有心人,孪生姐妹喜相见,八旬老母寻女梦圆。

80 │ 孝道,一脉相承

人常说后妈难当,他的后妈却没有这种感觉。
他对后妈理解有加,体贴入微。
因为他明白这样一个道理:对后妈好,就是对爸爸好,就是孝顺。
爸爸心情舒畅是他最大的心愿。

86 │ 久病床前有孝子

放弃了出国的机会,谢绝了青春的姻缘,
24个春夏秋冬,8700多个日日夜夜,
只为精心照料植物人父亲。
一个为人子的奇迹,一段新二十四孝的佳话。

94 │ 乞丐王子

父亲曾是当地首富,儿子人称田家小少。
一场大火让他从天堂跌到谷底。
为了母亲,他从底层开始打拼,演绎了中国版《乞丐王子》的故事。

100 | 乞丐王子（续）

107 | 铭记亲情

一个著名作家的亲情故事，一个山东汉子的血性张扬。
梁晓声为我们讲述做人和作文的道理：
从爱自己的母亲开始。

118 | 婚礼上，儿子送给老爸老妈99朵玫瑰花

婚礼上，儿子送给老妈99朵玫瑰花。
笑容里，说不尽奥运冠军的满腔真情。

129 | 好儿成双喜事多，孝敬老人代代传

著名喜剧演员刘全和、刘全利这对孪生兄弟，
成长过程中发生了许多风趣又感人至深的故事。
父母的爱是他们健康成长的保证，
孝敬父母是他们至诚的回报。

137 | 孝子刘金山

快乐家庭，父亲突患重病。
为救父亲，儿子全力以赴。
求医问药千方百计，床前伺候衣不解带。
为缓解父亲病疼，甘愿手臂被咬伤。
如此孝行，赢得一片赞叹。

143 | 街舞跳出母女情

俏妈妈爱街舞义无反顾，乖女儿烦街舞频频出招。
针尖对麦芒状态百出。
谁承想，到最后女儿成为街舞队的"超级替补"。

153 | 东巴和声唱亲情

一个来自纳西族的歌唱世家，
一段充满欢笑与泪水的真情故事。
有歌有舞，声情并茂。

162 | 纱巾皇后：愿天下女性都美丽

遭遇挫折，坚强母亲一度轻生；
儿女真情，漂亮妈妈重拾自信。
一方轻盈的纱巾，系出万般花样，系出妙曼人生。

171 | 女儿是父母的小棉袄

银幕上率真直爽，生活中乖巧孝顺。
走近著名演员陶虹，
感受她美丽心灵的另一面。

178 | 17岁的秘密

一位17岁的少年却行为诡异，
在他古怪行为的背后到底隐藏着怎样的秘密？
班主任跟踪，揭开惊人内幕。
真相大白，17岁少年走上全国道德模范领奖台。

187 | 孝女丁嘉丽——亲情超越血缘，爱到永远

没有血缘关系的特殊家庭，胜过血缘关系的至爱亲情。
听明星丁嘉丽讲述这段特殊的故事，
感受人间亲情爱心。

203 | 孝官说孝

他曾在全国政协会议上写提案，建议把孝道作为考察干部的标准之一，
他在大会小会上都倡导孝老爱亲。
生活中，他也是个出了名的大孝子。
听原民政部副部长李宝库说孝道，如沐春风、如饮甘霖。

孝道调查

——提倡亲情孝道，关心农村老人

　　黑龙江省鸡西市民营佳和矿产资源开发有限公司董事长、黑龙江省人大代表翟玉和（上图左二）出资10万元，组织三个新闻调查小组，从2005年11月初到12月中旬，用50天时间，对我国46个县（市、区）72个村的60岁以上、与子女分居的老人的养老现状进行了实地调查，行程达5.2万公里，调查涉及人员为10401人。三路人员的所见所闻，令人触目惊心。

翟玉和其人其事

作为一名农民出身的民营企业家,翟玉和一直对农村和农民问题在感情上怀有一种本能的关注。他的老家鸡西市麻山村有一对80余岁的老夫妇,老头步履蹒跚,老太瘫痪在炕,同住一村的儿女几乎无视父母的存在。这对老夫妇不知什么原因双双死去,多日后其儿女才被邻人告知。翟玉和到山东、江苏等地农村探亲时发现,那里的老人在基本丧失劳动能力和生活自理能力后,因儿女的嫌弃和拒绝赡养而被迫独居的现象司空见惯,他们缺衣少食,贫病交加,在无奈中苦熬残年。当今中青年农民对父母知恩、感恩、报恩情感的淡化和淡漠由此可见一斑。不少城里老人丧偶后,子女以"忙"为借口既不靠前尽孝,又以种种理由阻止老人再婚,出现很多的"空巢"家庭。人何为有福?老而有福才是最大的福。当今的老人几乎都吃了大半辈子的苦,到了只剩"蜡烛头"的年纪,晚景竟如此凄凉,真是令人心酸。据媒体报道,山东省东营市政府组织100468名农村老人与子女签订赡养协议,甘肃兰州一大型民营企业在招聘副总时制定的特殊条件是只有孝敬父母者方可应聘。大量的典型事例证明,在中国,特别是农村,孝道出了问题。

"百善孝为先"。孝,是一切人伦道德的根本,亦是中华民族的传统美德。千百年来,因为孝道的大行天下,敬亲睦邻,才使中国的家庭有了和谐,社会有了秩序,民族有了强大的聚合力。孝道的失传会使本应由万千个家庭负担的农民养老问题演变成一个沉重的社会问题。为此,翟玉和决意搞一次全国性调查。

一组典型事例

1. 陕西省永寿县马坊村李XX,71岁,丧偶,一人独居,住一间破窑洞,有四子一女,四子同住一村,各有住房。李XX腿有

残疾，日常生活相当艰难。他说："儿子一结婚，儿媳就不要我了。"他一年只能在春节和中秋吃两次肉。过春节三个儿子共给他40元钱。

2. 陕西省永寿县马坊村李XX，74岁，老伴76岁，两人住一间旧厢房，既做饭，又睡觉，还堆放杂物，零乱不堪。有四男二女，与四子同住一村。74岁的李XX非常吃力地劈着湿杨木杆当烧柴，76岁的老伴颠着一双"小脚"忙做饭。其老伴流着泪说："自己不做，就得饿死呀！"

3. 四川省沐川县宋村王XX，67岁，丧偶，有一儿五女，患白内障做不起手术，勉强被一个女儿收留。晚上女儿点灯他点蜡。他说："要是她们的孩子眼睛有病，砸锅买铁她们也得张罗着治啊！"

4. 四川省沐川县刘XX，69岁，老伴66岁，有四儿一女。本该被儿女奉养的他们，却自己养猪、蒸包子卖，供养着93岁的老岳母。

5. 四川省沐川县官铁村童XX，61岁，寡居四年，有二儿三女，与儿子同住一村，但谁家也不要她。二子每年春各送一仔猪让她给喂养，杀猪时给她一条肉（一公斤左右）算是报酬。除夕能请吃一顿饭。三个女儿一年或几年不回来看她一次。

6. 四川省屏山县共和村李XX，77岁，丈夫故去多年，与不务正业的一儿一孙同住一室。老人上山种地，侍弄果树、做饭，养着一儿一孙。

7. 四川省屏山县回龙村龙XX，78岁，老伴72岁，两人独居。有二儿二女，大儿子住旁边，小女儿住前院，他（她）们的生活水平高于父母10倍以上。两位老人自己种地为生，卖些余粮换零用钱。儿女几乎不管不问。78岁的龙XX上山砍柴，其大儿子就在院里悠闲地编竹帘；72岁的老伴吃力地在院里洗衣服，其小女儿站在旁边边织毛衣边和邻居闲谈。

8. 四川省屏山县回龙村杨XX，66岁，与三个儿子同住一幢楼，另有一女。她寡居12年，始终一人过。她说："和谁一起过，谁也不愿意，农村都这样啊！"三个儿子每年给她85公斤粮食。她一边给女儿看孩子，一边拣废品换油盐钱。

9. 云南省水富县新寿村万XX，79岁，有五儿，寡居。自己种地，侍弄果树。腰摔坏了，还得照顾儿子外出扔给她的三四个孙辈，过年儿子都不来看她。说起晚年，她一手扶着腰，一手抹着眼泪说："不说了，说了心里难受。"

10. 贵州省威宁县草海村朱XX，30多岁，独子，父亲死后，对母亲非打即骂，最后把母亲打出家门。70多岁的老母无处可去，被迫远嫁到六盘水给一个退休老工人为妻。

11. 贵州省威宁县草海村姚XX，74岁，三儿三女，和老伴独居。老俩口靠三分多地生活，以土豆为主食，编草垫子卖了买油盐。老伴常年有病，吃药到村卫生所赊。74岁的姚XX一个人在地里艰难地扶犁耕地。他说："我大姑娘家过得好啊，有两年没来看我们了。这丫头心黑得很呀！"

12. 昆明市官渡区三家村沈XX，76岁，老伴74岁，二儿二女，同住一村，都不管。老两口卖菜，月生活费100元，其老伴说："有病买不起药啊，我们靠老天养呀！"

13. 昆明市官渡区三家村潘XX，89岁，丧偶，独居，二儿同住一村，另有一女。大儿不管，二儿给点米。房子四处漏风，屋里一片狼籍，院里全是一米来高的蒿草。潘XX自己做饭，没事了以在村子里游逛为乐。

14. 广西壮族自治区龙胜县都坪村粟XX，62岁，丧偶多年，自己一身病。唯一的女儿嫁到梧州后，十多年既没回来看过他，也从无联系。2004年，粟XX被汽车撞了，肇事方赔付8000元。其女儿接到亲属的电话马上回来了，要分钱。村里不同意，因为这些年粟XX的生活全靠村里管，包括住房和吃粮。最后粟

XX、其女儿、其亲属、村领导四方会谈达成协议：其女儿不要钱，也不对父亲尽任何义务。签字的第二天，其女儿就走了。村里的人说："她这一走，她爹死她都不会回来了。"

15. 河南省民权县杨龙村张XX，84岁，老伴78岁，四儿一女。原在洛阳的二儿子家养老。二儿媳说："你们有四个儿子，也不能总靠我们呀。"老两口被撵回民权后，民权的三个儿子一商量说："我们调出二亩地，你们自己过吧！"老两口寻思了半天，做了分工：78岁的老太在家种地，84岁的老头上县城打短工。

16. 河南省民权县杨龙村张XX，85岁，守寡多年，拉扯大三儿一女。大儿子病故，另两个儿子每年各给25公斤小麦，别的都不管了。张老太经常一天只吃一顿饭，有时连盐都断顿。几个孙辈还经常来骂她："你这个老不死的。"

一份惊人的数据

调查分成三个组。第一组范围是东北、华北及周边11个省（区、市），第二组范围为华北、中南10个省（区、市），第三组范围是西北、西南10个省（区、市）。参加调查的人员均是年龄53岁以上、热心社会公益事业的离退休教师、记者和机关干部。每组都配有调查所需的摄像机、照相机、录音笔等专用工具。

调查在兼顾经济水平、气候特点、地理条件、民族习惯等不同因素的前提下，以随机的方式走县进村。调查的方法是问卷、个别访谈、开小型座谈会和进户实地察看。问卷共设计了自然情况、居住、饮食、衣着、生活设施、医疗、经济收入、劳动和生活自理、儿女尽孝、精神状态和娱乐10大项55个小项的内容。

通过对调查表的汇总，10401名调查对象中，与儿女分居的

老人占45.3%，三餐不保的占5%，年节饮食与平日无别的达16%，93%的老人一年添不上一件新衣服，69%的老人无替换衣服，8%的老人有一台老旧电视机，小病吃不起药的占67%，大病住不起医院的高达86%，人均年收入（含粮、菜）650元，种养业农活85%自己干，家务活97%自己做，儿女孝敬老人的占18%，对父母视同路人不管不问的占30%，精神状态好的老人占8%，22%的老人以看电视或聊天为唯一的精神文化生活。与之相映衬的是，这些老人的儿女生活水平至少高出父母几倍乃至更多。很多儿女认为，父母没冻着，没饿着，就是自己尽孝的最高标准了。

儿女的麻木，父母的无奈

调查中有一种现象很令人担忧，那就是这些老人的儿女中有52%的儿女对父母感情"麻木"。有的与父母同住一院但一年也说不上一句话，有的儿女非过年不登门，登门时少的只给父母5元钱，而且一年就这么一次，平日里对父母不管不问，不情愿地尽着一点为人之子最低的责任。在农村调查中看到的普遍情况是，吃的最差的是老人，穿的最破的是老人，小、矮、偏、旧房里住的是老人，在地里干活和照看孙辈的也多是老人。一年吃不上两次肉，平日兜里没有一分钱，小病挺着、大病等死的例子随处可见。这些老人不是村里的"五保户"，也不是民政的救济对象，但由于儿女的不尽孝，使他们成了"三不管"，其生活境况反倒不如无儿无女的老人。他们对儿女多有抱怨，但大多不忍心将儿女告上法庭。他们心中没有希望，没有明天，小康生活对他们来说是遥不可及的梦。

孝道淡化之原因分析

"羊有跪乳之恩，鸦有反哺之义"，这是动物的感恩境界。作为理性的人，孝，是一种美德。问题是，起源于农耕文明的孝，何以在历史演进几千年后的今日农村沦落到不受推崇、不孝不为耻的地步呢？

第一，极"左"思潮的冲击和对"孔学"的批判使孝道的思想基础受到冲击。

不少农村的老支书把当今儿女不孝的原因异口同声归罪为"文革"和批孔。"亲不亲，阶级分"，孝被批为"愚孝"，人和人之间无休止的你争我斗，使亲情关系被大大淡化，人伦关系没了准则。

第二，市场经济条件下人与人之间的利益关系、金钱关系对亲情的无情冲击。

市场经济条件下人与人之间的关系更多地体现在为了利益而合作，金钱在很大程度上决定着人与人之间的关系。中青年农民急切地盼望发家致富，财富在他们心中的地位至高无上，年迈而又需要赡养的父母是他们眼中的负担。手里有点余钱的老人儿女还算看得上，没钱又要靠儿女养活的大多看儿女的白眼。

第三，嫌父母在经济上无能，没让自己过上好日子。

很多渴望致富的中青年农民不去总结和借鉴别人的致富经验，也不从自己身上找原因，思来想去，把自己的不富归罪于父母的无能，恨他们没把自己生在一个富有的家庭。一边心存怨恨，一边苦熬苦挣，对父母的态度可想而知。

第四，农村干部在中青年农民不孝的问题上放任和不作为。

如果说当今中国缺乏一个讲究孝道的大环境，那么在孝道问题

特别突出的农村更没有弘扬孝道的"小气候"。谁家儿女不孝或虐待老人基本上是没人管，没人问。只有老人哭哭啼啼找上门来，村领导才不得不找其儿女委婉地说上几句，既怕得罪人，也没有任何约束力。

在当今农村，儿女的不孝突出表现在儿媳妇身上。这些中青年妇女初中毕业的算是高学历了，没有文化的不在少数。恰恰是这些妇女百分之百的当家主事。她们的眼里只有小家，只有孩子，利益绝对压倒亲情。

第五，与物质文明发展的强劲势头相比，对传统道德的宣传和倡导明显滞后。

在教育、文艺、宣传、舆论、出版物及影视作品中，对孝道的宣传和不孝的鞭挞少得可怜，孝道似乎成了一个古老而丝毫引不起今人兴趣的话题，没有"卖点"和"看点"。

孝道淡化引发的社会问题

家庭稳定是社会稳定的基础。"老吾老以及人之老"，能以亲情的态度善待他人，就会有良好的人际关系。从这个意义上说，孝道是维护社会稳定、构建和谐社会的一剂良药。

第一，一个重小轻老不讲秩序的家庭是不和谐的家庭，迟早要给社会添乱。

第二，孝道的不畅也是滋生腐败的一个温床。

媒体报道的腐败案件要么是和妻子同谋，要么是和子女合污，有哪一个牵涉到自己的父母了？为官者如果孝敬父母，谨遵父母教诲，绝不会自己走到身败名裂、家毁人亡的地步，还给年迈的父母以精神上的致命打击。因此，大力弘扬孝道有助于反贪，不失为反腐的一计良策。

第三，不孝导致单亲家庭增多，犯罪率居高不下。

天下的父母极少有愿儿女离婚的。为了家庭的稳定和子女的成长，为人子女者如果能多听听父母的意见，很多婚姻是可以调整、维持而不至于破裂的；可是有谁离婚前征询过或尊重过父母的意见呢？为了自己的快活，不顾父母的感受，把子女推给父母或推给社会，给父母添了烦，给社会添了乱。

第四，血缘都维系不了人与人之间的亲情，民族的向心力和凝聚力将大大降低。

孝道是中华民族维持家庭和睦、协调人际关系，进而增强民族聚合力的精神瑰宝。一个人在家中不尽孝，必然使亲情失和，关系紧张，这样的人在单位、在社会上与人相处，不会讲情，只能重利，人和人之间为名、为利明争暗斗，表面的和气掩盖不了争斗的实质。

解决孝道淡化的具体办法

很多农村干部认为，强化中华民族的孝道意识，应该为党和政府所重视，应该有抓计划生育那样的力度。

第一，以法律的强制性去规范和约束公民的孝道行为。

第二，孝道教育要从娃娃抓起。

第三，舆论和文学、艺术等领域要重视孝道题材作品的创作和孝道典型的宣传。

第四，加强农村基层组织特别是妇女组织的建设，使农村的孝道问题有人管。

第五，加强农村托老机构的建设，探索农村的社会化养老之路。

第六，加快农民养老社会化统筹的探讨和试点。

附录： 农村老人关于养老的"语录"

1. 现在，"小人"是老人，老人是佣人。

2. 能干，俺是儿女的劳力；不能干，咱就成了人家的累赘。

3. 这年头，有了儿子咱就成了儿子，有了孙子咱就变成孙子了。

4. 人老了，最靠不住的就是儿女呀，歹心的儿女都赶不上好心的邻居。

5. 我养你们18年，你们养我8年还不行吗？

6. 这年头是咋的了？天没天道，人没人道。

7. 能动一天就得干，不能干躺下等死。

8. 穷得富不得，一富就了不得。这儿女有了钱就没了心，除了钱就谁也不认了。

9. 这把老骨头靠谁养，靠自己，靠老天哪！

10. 我养人家（儿女）是本分，是应该；人家养我是麻烦，是负担。

11. 人可别老啊，老了难过呀！

12. 孝，是一辈讲给一辈听，一辈做给一辈看啊，没啥大道理，全凭良心。

13. 俩老的年轻时能养一帮小的，一帮小的长大后却不愿养俩老的。这人哪，还真赶不上兽啊。

14. 老话说：家有一老，如有一宝。现在呢，是家有一老，如有一草。

15. 现在，除了钱，啥也不值钱了。

16. 老话说：不养儿不知父母恩。现在的人自己都当爷爷了，还是不知父母恩。

17. 孝心，孝心，尽孝要凭心。现在的人心坏了，没心了。

18. 城里的老人为长寿忙，农村的老人为肚子忙。都是人啊，我们的命咋就这么苦呢？

19. 过去我们常说：小孩享受的日子在后头呢。现在儿女们却说：小孩成长的时候需要营养，你们老胳膊老腿的，扛劲。

20. 老人就是大酱盘子，儿女们都来蘸，酱蘸完了，盘子也就扔了。

感悟与思考 》

　　孝，是一切人伦道德的根本，亦是中华民族的传统美德。千百年来，因为孝道的大行天下，敬亲睦邻，才使中国的家庭有了和谐，社会有了秩序，民族有了强大的聚合力。

　　孝道的失传会使本应由万千个家庭负担的农民养老问题演变成一个沉重的社会问题。起源于农耕文明的孝，在历史演进几千年后的今日农村沦落到不受推崇、不孝不为耻的地步的确值得每一个人思考。

　　在今天，学校开展孝道教育，既是为了传承传统美德，更是为了培育一代新人。在新的历史条件下，我们应该对传统孝道加以扬弃，取其精华去其糟粕，挖掘、继承其合理成分，使之与现代精神相结合，形成适合现代社会需要的新的道德规范。

　　一个具备健全人格、有着良好道德品质的人，自然会拥有孝德。我们只有在日常生活中做好对子女的养育，促使子女身心健康发展，形成健全人格，才能使孝道在个体身上体现。那么，除了家庭和学校外，社会应该如何营造一个崇尚孝道的环境呢？

土旺村的婆媳们

　　和谐家庭是和谐社会的基础因素。在家庭关系中，婆媳关系是公认的"老大难"，但在山东邹城市大束镇土旺村，我们却听不到谁家婆媳关系不好。家家的婆婆和公公争着夸媳妇，媳妇们也争着做好媳妇，良好的婆媳关系促进了家庭的和谐，促进了全村的精神文明建设。

也难怪有人用"天敌"来形容婆媳关系。在传统中国人的眼中，婆媳关系确实不一般。原因是多方面的。不是母女，过门之后媳妇却要改口叫婆婆"妈"；媳妇进了门，"夺走了"儿子对母亲的爱和母亲对儿子的爱；两代人观念的不同、行为和爱好的差异，造成了"管理者"和"被管理者"不可调和的矛盾，成为许多家庭中最不和谐的音符。"多年的媳妇熬成婆婆"，受尽了欺凌的媳妇一旦成了婆婆，就把自己当媳妇这些年的积怨发泄到刚进门的儿媳妇身上，形成恶性循环。有调查显示，在今天，在中国的农村，婆媳之间的矛盾仍然是导致家庭不和睦、子女不孝的主要因素之一。

电视台曾热播过一部电视剧《婆婆》。里面的主人公、60多岁的赵大妈上有婆婆下有儿媳。她像亲生女儿照顾妈妈一样照顾年迈的婆婆，像母亲爱护女儿一样爱护儿媳妇，感动了身边所有人，给中国传统的伦理道德"孝"赋予了新的含义。

艺术是现实的反映。现实生活中，也不乏这样的好婆婆、好媳妇。

在山东邹城市大束镇土旺村，记者看到了这样一幅幅画面：村里的媳妇们争着抢着做"好媳妇"，村里的婆婆争着夸自己的儿媳妇，甚至在村里评选好媳妇时，公公抢先发言，为自家的儿媳妇争"好媳妇"的名额。

且看以下几个小故事。

好媳妇杨山清，任劳任怨，尽心尽力伺候生病在床的婆婆

杨山清是土旺村一户白姓人家的媳妇，中专生，是村里媳妇中学历最高的。嫁到白家后，婆婆待她特别好，尤其是山清坐月子的时候。那时，婆婆由于生病，半个身子已经有些僵，活动很

13

不灵便，但她还是很早就起来给媳妇熬茶水煮鸡蛋。婆婆一瘸一拐的身影一直印在杨山清的脑海中，久久萦绕。几年之后，婆婆的糖尿病越来越严重，长期瘫痪在床。杨山清每天为病床上的婆婆喂饭喂水、端屎端尿、擦洗身子，还要洗一大堆的尿布。农村用水不方便，多亏村后有条河，她就一年四季都到河里洗。夏天还好说，就是一个字：累。到了冬天，就得有点毅力了。北方的冬天，刺骨的风，刺骨的水，山清的双手都生了冻疮，红肿红肿的，在冰水中是麻木和疼，回到家一暖和，就钻心地痒。婆婆年纪大了，又加上瘫痪在床，有点糊涂，明明刚吃了饭，邻居问她吃饭了吗，她就说一天都没吃了。这时的杨山清心里特别不是滋味，甚至产生过想要离开的念头。可是，她久久下不了决心，伤心的她看着躺在床上的婆婆，渐渐地恍惚了：婆婆似乎又重新站起来了，一瘸一拐地，还是端着当年那个碗……山清眼泪流了下来，动摇的心重新归于平静，重新端起重重的木盆，向河边走去。就这样一天天地过着，山清每天重复着给婆婆翻身、洗澡、洗衣洗尿布，从早忙到晚，人渐渐地消瘦了。婆婆看在眼里，疼在心里，觉得自己是儿媳的累赘，她想到了死。有一次，她跟山清要剪刀，细心的山清意识到了，没给她，把剪刀藏起来了。清醒的时候，婆婆拉着山清的手哭："孩子，娘太对不起你了。"

去年年底，婆婆无憾地去世。说起婆婆，杨山清心存遗憾："婆婆是春节前去世的，本来，我们都希望她能熬到春天，哪怕是过了春节也好啊。"说着，她已经泣不成声了。

苑现云，从好媳妇到好婆婆

苑现云是村里第一批好媳妇的代表。婆婆在世时，她对老人至尊至孝，奉养周到细致。婆婆住院，她跟在医院，没白天没黑夜地尽心伺候了35天，在旁人眼里俨然是亲闺女。身为老大媳妇的她一手撑起这个有四个妯娌的大家，一家人幸福和睦，其乐融融。1983年，县妇联敲锣打鼓给苑现云送来了好媳妇的牌匾。也就在1983年，儿子娶了媳妇，苑现云也荣升为婆婆。儿媳刘恩红与她几乎是一见如故。婆婆、媳妇在家抢着洗衣服，抢着做饭。在农村，老人很少穿新衣服。而刘恩红每次逛街，都忘不了给婆婆买这买那，苑现云总是一身的新装。苑现云看到儿媳这么孝顺特别高兴，逢人便夸媳妇，合不拢嘴。而刘恩红则说，有这样的好婆婆，她非常幸福，因为自己出嫁不久，亲生母亲就去世了，她在婆婆苑现云身上又重新找到了母爱。后来，刘恩红因工作关系，要随丈夫搬到城里，但她心里有万般的不舍，舍不得离开婆婆……苑现云现身说法，言传身教，给媳妇们树立了一个好榜样。刘恩红说："现在俺也快做婆婆了，俺也得做个好榜样。"好婆婆带出好媳妇，整个家庭形成传帮带的风气，这样的家庭能不和谐吗？

急脾气的刘运爱
与儿媳的相处之道

说话直来直去的刘运爱有两个儿子，没闺女。儿子结婚后，她就拿媳妇当闺女。媳妇坐月子期间，她照顾媳妇细心周到，让邻居家一个没婆婆的媳妇羡慕极了。儿媳也懂事，自从她嫁过来，就再也没让婆婆下过地，地里的活全包了。但刘大妈是

15

个闲不住的人，一有时间就帮媳妇忙这忙那。一家人都抢着做饭。都说婆婆难伺候，可媳妇做了饭，刘大妈从不挑三拣四，"媳妇做啥都好吃，真的！"刘大妈幸福地笑着。老二媳妇娶进门后，刘大妈对两个儿媳一碗水端平。媳妇们干什么，她都说好，两个媳妇之间有时免不了了有些过节，她总是从中调停，从不火上浇油。人心都是肉长的。将心比心，婆婆通情达理，媳妇就懂事孝顺，婆媳之间相处融洽，全家和谐又温馨。

三代婆媳和睦相处

去年刚嫁过来的新媳妇孔祥英和婆婆徐计爱以及老婆婆李现娥住在一起。这样的家庭已经很少见了。在常人眼里，三代婆媳不可能不产生矛盾。但这一家却是每天都笑声不断。李现娥已是快80岁的人了，但很健康乐观，帮着儿媳妇和孙媳妇操持家务依然是她的兴趣和乐趣，看到媳妇们都很忙，就想把家里涮洗的活都揽过来。但媳妇们都很心疼老婆婆，把要洗的衣物都藏起来，不让她动手，还经常对她说："你年纪大了，应该享福了！"媳妇们对李现娥孝顺有加，李现娥也特别疼爱媳妇们。有一次，儿媳和孙媳回家晚了，为了让她们回来吃上热乎乎的饭，李现娥把饭热了又热，直到媳妇们回来。耳濡目染，老婆婆的一言一行，每时每刻都在感染着徐计爱和孔祥英："我们做的其实都是从她老人家身上学到的。"说这话时，三人正坐在太阳底下，笑眯眯地看着远方玩耍的孩子们。

除了上面提到的几对婆媳之外，村里还有多名好媳妇好婆婆受到表彰奖励，一个个动人的故事闪耀着新时代农民的风采。

为什么土旺村的婆婆、媳妇就能相处得这么好呢？

答案还得在土旺村里找。

走进位于山东邹城市大束镇的土旺村，映入眼帘的是，一条条平坦的水泥路连通各家各户，一幢幢漂亮的砖瓦房矗立在绿树丛中，如画的景象伴着浓浓的温馨扑面而来。这里如同一支响亮的田园"交响曲"，激荡人心，整个村庄洋溢着和谐。

但从前，土旺村却曾是远近闻名的脏、乱、差村，特别是村风不好，打架斗殴、偷鸡摸狗的事尤其多。改革开放后，在两个文明建设中，村领导班子通过全面分析，选定以婆媳关系为突破口，抓精神文明建设。评上好媳妇的不但要隆重表彰，上挂历，还敲锣打鼓到娘家送喜报；评不上的不但本人无光、婆家无光，连娘家也无光。这一活动二十多年来不间断，还带动了"好媳妇、好婆婆、好小姑"评选活动、"十星级文明户"评选活动、"婆媳互夸活动"和"勤劳致富文明户"评选活动的开展。尊老爱幼、互帮互助蔚然成风，全村洋溢着一股积极向上、文明团结的氛围。孩子们快乐上学，健康成长，老年人有所养，生活幸福。全村呈现出团结、和谐、安定的良好局面。

2005年，土旺村光荣地入选"全国文明单位"。

感悟与思考 >>

　　婆媳一家亲。土旺村的好婆婆好媳妇们以她们真诚的爱心共同创造和谐幸福的家庭生活，让我们聆听了一段段感人至深的婆媳佳话。

　　幸福，源于爱的传递。对于土旺村的好婆婆好媳妇们来说，幸福各有其幸福的理由。他们诠释着真爱：

　　爱是敬重与责任。

　　爱是接纳与包容。

　　爱是感恩与回报。

　　土旺村和谐的婆媳关系，不仅使家庭温暖，也促进了村镇建设的发展。而土旺村对好婆婆好儿媳的肯定与褒扬，把婆媳和谐轰轰烈烈地张扬起来。这种管理层面的肯定，这种以制度为保障的精神文明建设，最终使婆媳和谐的春风吹遍了土旺村的家家户户。

　　家庭是我们生活的可靠港湾，是生活中最温情的角落。当婆婆与媳妇因为爱最终走到一起，家庭也因为爱的容纳与融合而焕发新的风采。遗憾的是，家庭生活中也常常出现各种不理想的现象。当不和谐的因素出现，当家庭最终要面对种种尴尬，或许正是因为家庭缺少了彼此的尊重与理解，缺少了彼此的接纳与宽容，缺少了真诚的爱与付出，也可能因为残存的封建观念，多了点自私嫉妒之心，温暖的家庭因此硝烟弥漫，最亲近的人却相互疏远、伤害。亲人，是生命最体贴的赐予。让我们在家庭中学会爱，学会宽容，学会接纳与理解，学会奉献与付出，让爱在温暖的家庭中永驻。

　　你的家庭中有没有争吵？有没有猜忌？有没有婆媳之间的不和谐？尝试多一些理解与礼让，多一些宽容与接纳，多一些付出与关怀，相信我们的家庭定会充满欢声笑语，沐浴幸福的阳光。

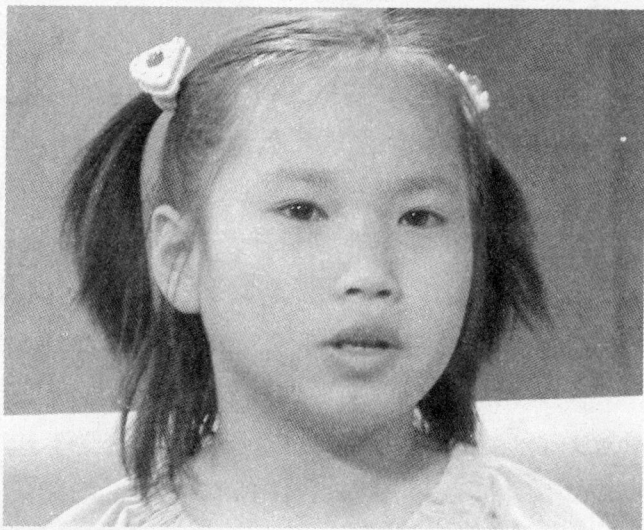

鑫秋

　　父亲失明、母亲离家、爷爷奶奶身体不好，年幼的鑫秋成为一家四口的精神支柱。仅有三四岁的她，从小就格外懂事，以她特有的乐观、开朗、善良抚慰着父亲受伤的心灵。正是她使父亲从绝望中奋起，学会按摩，一家人又过上了好日子。她就是省级十佳少年、山东电视台首届感天动地父母情十大感动人物之一的鑫秋。

我不走，
我还要给爸爸夹菜呢

不管是什么原因，离婚都是悲剧。7年前，1998年春天，发生在吉林省德惠市盲人康锋家门口那令人心碎的一幕，邻居们至今记忆犹新。

一切都无法挽回了。妻子要带着女儿离他而去。大包小件拎出了门，放进了出租车的后备箱。康锋一边是老母亲，一边是两岁多的女儿，老母亲和女儿搀扶着他出门送别妻子。出租车的门大开着，分手的时候到了，妻子抱起女儿鑫秋，轻声说："与爸爸、奶奶说再见，咱们该走了。"毕竟夫妻一场，她也是出于无奈，心里不好受。

谁也没想到的是，就在母女俩走到出租车跟前时，小鑫秋突然挣脱妈妈的怀抱，哭着说："我不走，我爸眼睛看不见，我走了，吃饭就没人给我爸夹菜了。我还要给爸爸夹菜呢！"

不论妈妈怎么哄，女儿就是哭着不上车。见此情景，邻居们都哭了。有人说："唉，既然孩子不愿意走，就别为难她了！"

妈妈的脸上有些挂不住了，她显然没有想到会是这样。突然，她气急败坏地煽了康锋一个耳光。康锋看不见，不知道躲闪，这一下打得很响。康锋捂着腮愣了。邻居们也都愣了。小鑫秋"哇"地一声哭了，她抱住爸爸的双腿，朝妈妈喊："你为什么打爸爸？爸爸又没有错！"

妈妈跺跺脚，撇下女儿，上车走了。

小鑫秋愣愣地望着远去的出租车，泪眼婆娑，却硬是没叫一声妈。

飞来横祸夺去父亲双眼，
万般无奈母亲离她而去

康锋原来是个出租车司机。他失明于一场飞来横祸。

1997年初冬的一天下午，25岁的康锋像往常一样走出家门。临走前，女儿康鑫秋对他说："爸爸，你早点回来，我们等你吃饭。"康锋

望着女儿，幸福地说："我今天一定早点回来。"

这天活挺凑手，干到晚上 7 点，康锋决定收车回家。这时又有两个人要搭车。因为正好顺路，康锋就让他们上了车。上车后，这两个人就叫他跟着前面的车。康锋正要问为什么，前面的车突然停了，车上的人下来，冲康锋就开了一枪。康锋眼前一黑，就什么也不知道了。

康锋再醒来时，睁开眼却什么也看不到了，凭着嗅觉，判断出好像是躺在医院的病床上。住了几天院，其他部位的伤好了，但眼睛却一直不能复明。医院说如果治疗得好，能治好一只眼。康锋全家就卖光东西，举债为他治眼，但借来的钱花光了，眼却没治好。面对黑暗的世界，面对生活的困境，康锋首先想到的还是妻子和女儿。妻子来自富裕家庭，从小没受过苦，这样的日子她怎么熬得下去？他对妻子说："你带着女儿走吧，我不能养活你们了。"妻子当时就哭了，说："我不能离开你，这些年来你对我不错。"为了养家糊口，出身富裕家庭的妻子来到市场，靠卖菜维持生计。这使康锋非常感动，但他也感觉到这不是长久之计，妻子终归是要走的。果然，到第二年春天，妻子终于挺不住了，向康锋提出离婚。

康锋同意了。

一个好端端的男人，就这样成了盲人。

一个好端端的家庭，就这样解体了。

爸爸，
你别死了，
我就是你的眼睛

妈妈走后的第二天，小鑫秋早早起床，打了水，拿来牙刷，挤上牙膏，放到了康锋的面前："爸爸，该洗脸刷牙了。"康锋惊呆

了。他怎么也想不到女儿能够这样细心，她还不到3岁呀。

女儿虽然可爱，但失去光明的康锋还是没有了活下去的勇气。有一天，他下地想出门，脑袋一下子撞在门框上，血流不止。疼痛使康锋绝望地喊了起来："我活着有什么用？死了算了！"女儿听到了，忙抱住父亲，一边给父亲擦脸上的血，一边哭着说："爸，怨我，我没扶着你。"听着女儿过早成熟的话，康锋心里更难过。他抱住女儿细小的身子，却不知该对女儿说些什么。是呀，他什么也不能给女儿，只能拖累女儿。父亲患脑血栓多年，要人伺候；母亲也是家庭妇女，没有收入；女儿还这么小。本来他是家里的顶梁柱，现在却一下子成了废人，什么也干不了，成了家里的累赘。现在妻子又离他而去。全家人可以说是没吃没穿。有时，就只能削两个土豆烧一锅汤全家喝。而这一切，康锋都认为是由他的变故给家里带来的。激愤之际，他几次擂着脑袋骂自己："女儿明明是嘱咐你早回来吃饭，为什么还要再拉那两个惹事的客人？人为财死、人为财死呀！"

越想越悔越恨，康锋一门心思地想死，既然对眼前的困境无能为力，死了至少有一份清静，有一种解脱，还可以让女儿回到妈妈身边。他几次试图轻生，却都未死成。第一次是他摸到了一节绳子，一个人悄悄地来到小树林里，刚摸到一棵合适的树拴好绳子，却被路过的邻居发现了，没死成。从此，女儿就把家中所有"危险品"都藏到了他想不到的地方：菜刀塞进墙缝里，斧子放在水缸后边，甚至连打火机也不让他沾边。一天中午，他在女儿午睡时摸到了女儿跳绳用的绳子，自己向房后的树林里摸去。女儿可能有一种预感，她只睡了十几分钟就醒来，她看到身边的跳绳没了，就觉得大事不好。她跑出屋，问邻居看到爸爸没有，邻居说他往屋后的山上去了。小鑫秋哭着往山上狂跑，一块玻璃碴把脚划了一个口子，她也顾不得痛，边跑边喊："爸呀，你在哪里？"此时的康锋正在树林里寻找一个结实的树杈，挂上绳子

以了结自己，当他听到女儿的哭喊声，他不敢答应，他真想去死呀！刚挂好绳子，女儿找到了他。小鑫秋抱住父亲的腿，哭了："爸，你别死了，你死了我就没有亲爸了。爸爸，你看不见不可怕，我就是你的眼睛！"孩子的话使康锋从此打消了死的念头。

奶奶带她去要饭，
四岁的鑫秋坦然面对

儿子双目失明，媳妇离家而去，鑫秋的奶奶一下子成了家中的顶梁柱。全家老少三辈四口人，一个脑血栓、一个瞎子、一个才三四岁，而且全都没有收入，那一段日子，不堪回首！

因为给康锋治眼，已经是倾家荡产了。有一天要做午饭时，奶奶发现家中只有一碗米。当时她就哭了。哭了一阵，她想，光哭也不行呀，哭不来粮食哭不来饭。于是她横下一条心，领孙女去要饭。原来想，孙女这么小，也就是跟着壮壮胆做做伴，激起人家的同情心，没想到进村入户，才三四岁的鑫秋却抢在奶奶前面说话："大娘大爷，爷爷奶奶，俺爷爷有病，俺爸爸眼睛瞎了，俺妈走了，给俺口饭吃吧。"人家见这孩子口齿伶俐，说话诚恳，都十分同情这祖孙俩，纷纷解囊相助。

爸爸，鸡腿好啃，你吃。
我眼神好，吃不好啃的

康家穷，饭都吃不饱，荤腥更是常年难得一见。邻居家是养鸡的，见他们家日子过得太艰苦，就送给他们家一只鸡。在别人家吃只鸡不算什么，可在康家就非同寻常了。那简直比过年还隆

重。鸡炖熟了，久违的香味几乎把全家人熏倒。奶奶最看重懂事的孙女，把两个鸡大腿都盛在小鑫秋的碗里。鑫秋把小脸贴在父亲耳边说："爸爸，我能看见，你看不见，鸡腿好啃，你吃。我眼神好，吃不好啃的。"说着就把鸡腿夹在父亲的碗里。听到这话，康锋心里一阵难受，眼泪止不住又流下来。

再难的日子也得过。一个大男人，上有老下有小的，总不能养活不了家人还得靠家人养活。经过反复考虑和选择，康锋托人拜了一位会按摩的盲人为师，学按摩。

她带着爸爸去学手艺

盲人师傅家离得远，每天去学习要坐车。是 5 路车，好几站路呢。第一天，康锋是由母亲领着去的，母子俩坐车来回要花 4 块钱。4 块钱对于这个家庭来说，是一笔沉重的负担。康锋舍不得，要自己摸着去。小鑫秋见此情景，自告奋勇，要领着父亲去，因为她小，不用买车票。当时只有 5 岁的她，连 5 路车站的"5"字都不认识。奶奶连教了几天，她才牢记在心。她领着父亲上路了，在人来车往的马路上，一个 5 岁的女孩，领着一个盲人，爷俩显得那么孤单。车来了，女儿扶着父亲上车，上车后又机灵地钻进人群中，给父亲找座。

在盲人师傅家，小鑫秋对爸爸的师傅一口一个爷爷叫得比谁都甜，还忙着端茶倒水，抹桌子扫地，深得盲人师傅的喜欢。

回家，小鑫秋一边帮奶奶做家务一边一五一十地汇报路上的所见所闻，还陪爷爷说话，照顾爸爸吃饭。不仅爷爷、奶奶和爸爸，就连四邻八舍，都夸这个小闺女太懂事太知道疼人，也着实地招人爱招人疼！

康锋挣到第一笔钱，
全家人喜极而泣

　　有女儿的激励，康锋觉得自己必须坚强起来。为了女儿，为了这个家，他学得非常专心非常卖力，常常是汗流浃背，双手红肿。功夫不负有心人，他终于学成了手艺，能接待患者了。第一个月，他挣了287块钱。拿到这笔钱后，康锋百感交集。他想起自己失明后的日日夜夜，想起经历的苦难，想起全家人跟着受的苦，特别是小鑫秋所受的苦。唉，这么懂事的孩子，却偏偏生在自己这样一个不幸的家庭。他想起有一次邻居家买了橘子，鑫秋也馋，回来对他说，他非常为难，正思忖着怎么说不伤女儿的心，女儿却抢先说，橘子太酸我不爱吃。他知道孩子哪里是不爱吃！在他没出事前，小鑫秋最爱吃水果，特别是橘子。可自从他出事，女儿有一年多没吃橘子了！想到这里，他破天荒给女儿买了一斤橘子。回家，他把剩下的钱交给母亲说："妈，我挣钱了。"母亲接到儿子的钱，哭了。康锋哭了，女儿也哭了。

　　但这一次，他们流下的是欢喜的泪！

　　第二个月康锋挣了500元。以后，随着他手法的熟练，点名要他按摩的患者越来越多，他的收入也逐月上升。靠着他的一双手，康家终于摆脱了贫困，笑容回到了三代四口人的脸上。

爸，看你累的。
你应该再找一个

　　2002年，康锋到长春开了一家按摩院，月收入有时高达4000元。钱是有了，但思念女儿的苦却令他受不了。他决定把女儿接到长春来，让女儿在自己身边生活。其实，在老家，与父亲分开的日

子里，女儿非常想念爸爸，在梦里经常因思念爸爸而哭醒。

父女团聚了。晚上，听着女儿窸窸窣窣地睡在自己身边，康锋说不出的高兴。父女俩亲亲热热说了一会儿话后，鑫秋就睡着了。听着女儿均匀的呼吸，康锋感到非常幸福，突然，他发觉女儿在动，接着，一个温温的软软的什么在自己的额头碰了一下，然后女儿又转身睡着了。是女儿的吻！是女儿在睡梦中吻了自己的额头！康锋差一点就要冲动地把女儿搂在怀里。但他想到女儿劳累了一天，又克制住了自己。幸福加兴奋，康锋一夜未睡。

和父亲生活在一起，鑫秋承担起了买菜、做饭、给父亲洗脚、洗袜子、按摩等工作。她对爸爸更加关心。有一次，她看到爸爸累得满头大汗，她一边给父亲擦汗，一边贴着爸爸的耳朵说："爸，看你累的。你应该再找一个！"

康锋心头一热，故意装傻："找什么呀？"

"给我找个妈呗！"

"给你找个妈？那你想要个什么样的妈？"

"只要对你好就行！"

是她那份深深的爱，
帮我走向人生旅途

女儿上学了，上的是寄宿学校，每月花销七八百元呢。康锋就是要让鑫秋上最好的学校。过去女儿跟着自己受了那么多的苦，他要好好地给女儿补偿。他希望女儿能够好好学习，对女儿的学习要求非常严格。为了女儿，康锋又一次把自己送入痛苦中：周末的父女团聚固然幸福，可周一鑫秋刚回到学校，康锋就惦念女儿，被子是不是蹬开了呀，学校有没有蚊子呀，总之是无时无刻不在牵挂。

想想自己失明以来，是在女儿的鼓励下，过上了有希望的生活，

是女儿拯救了已经绝望的自己。一想起这些，康锋就有一种冲动。于是，他为女儿谱写了一首歌曲《鑫秋》，时常伴着吉他哼唱：

风儿轻轻地吹过，
吹在她幼小的脸上。
她是个善良可爱的小姑娘，
有双明亮的眼睛。
伴着我上车下车，
穿梭在人群中。
她把泪水深深地埋藏在心底，
陪我走过风风雨雨。
日复一日，
年复一年，
她从没离开过我的身边。
她给我力量，
她使我坚强，
那双有力的小手牵着我从黑暗中走出来。
就是这盏小小明亮的灯，
给我温暖，
给我光明；
就是这盏小小明亮的灯，
照亮了我的前程。
是她那份深深的爱，
给我信念，
给我勇气；
是她那份深深的爱，
帮我走向人生旅途。

感悟与思考 ≫

自古以来，人们把父母抚育子女、子女孝敬父母看成是做人的基本道德。孔子曰："孝，德之本也。"只有孝敬父母的人，才会是一个有责任心的、高尚的人。

鑫秋的行为足以承载这些美德。

读罢这则故事，我们可能会惊讶于鑫秋的懂事和担当。面对父亲双目失明、母亲离家而去的重击，鑫秋和奶奶共同撑起了整个家，最后在她的鼓励下，父亲开始了新的生活。我们不禁要问，在这个娇生惯养孩子的时代，鑫秋为什么会如此坚强，如此懂事，如此孝顺？俗话说："穷人的孩子早当家。"贫苦的生活让孩子体验到生活的艰辛，因此这些孩子能更早地懂得什么是责任。

从这则故事中，你体味到了鑫秋的哪些可贵的品质？我们又该如何向这个懂事的小孩子学习呢？

五世同堂大家庭，
孝道传家

　　济南市长清区归德镇房庄村有一位老寿星，名叫焦其明（上图左三）。2006年10月，记者前往采访她时，她106岁。同时接受采访的还有她86岁的儿媳妇，65岁的长孙房洪泽（上图右二）、65岁的孙媳妇崔基凤、读大学的玄孙女房立燕、9岁的小玄孙房立鑫。过后记者一想，这恰好是他们这个五世同堂大家庭总共几十口人的主要代表。

　　可以说，这一家也是中华民族孝道传承的典型代表。

心情开朗是最好的养生之道，
亲情孝道是我家的传家之宝

在这个五世同堂的大家庭里，65岁的房洪泽恰好处于承上启下的位置：他既是爷爷，但同时还是个孙子。他每天有两项重要工作：一是要接送小孙子上学，二是照顾86岁的母亲和106岁的奶奶。

房洪泽做了40多年的小学教师。虽已退休多年，但鬓发黝黑，声音洪亮，动作有力，看上去也就是个中年人。"我们这个家庭虽然已五世同堂，40多口人，但非常和睦。心情开朗就是最好的养生之法，亲情孝道是我们的传家之宝。"

106岁的焦其明奶奶虽说身体硬朗，耳不聋，眼不花，还能拿起剪刀剪个"蛾子"（即蝴蝶），但毕竟年纪大了，精神头一年不如一年，身边不能离开人了；而他86岁的母亲，5年前得过脑血栓，虽然抢救及时基本痊愈了，但手脚不那么利索了，每天还要做理疗，更离不开人。尽管有妻子帮助，但要伺候两个老人，工作量还是很大的，更何况这是日复一日、年复一年的工作，没有节假日，也没有星期天。但说起家里的两位老人，房洪泽感到非常幸福，他再三说，家有老人是一宝，老人健在，自己就是孩子，就不觉得自己年龄大。说这话时，他脸上洋溢着笑容，充满了发自内心的幸福与自豪感。

尽心尽力，
化解老人"三难"

房洪泽说，人老了，有三难：吃饭难、睡觉难、如厕难。解决这三难，他有很多妙招。他说，人老了，吃饭最重要，因为，人上了百岁常常不知道饿。于是他就变着法子，千方百

计让老人吃好、吃饱。早饭最重要，原来给老人吃一个鸡蛋，现在改成了两个，蒸得软软的，加上蜂蜜、香油，哄着老人吃下去；如果老人兴致高，还可以让她再吃几块饼干。有这顿丰盛的早餐垫底，房洪泽就放心了。午饭晚饭要变着花样做，琢磨着老人的喜好，每天不重样儿，而且要做得精致。喂老人吃饭，有时就像是哄小孩子，要哄老人开心，把饭送进老人嘴里。晚饭，老寿星一般吃得少，因为她一辈子恪守"早饭好、午饭饱、晚饭少"的饮食要诀。

水果也很重要，要随时给老寿星吃。西瓜一买就是百八十斤，放进地窖，随吃随拿，苹果、香蕉、梨等时令水果和非时令水果家中也是不断。老寿星特别喜欢吃葡萄，于是，房洪泽5年前买回一棵葡萄苗栽在院子里，如今收获季节已经是硕果累累了，每年从第一粒葡萄红了就摘给老寿星吃，直到储存下许多让老寿星慢慢享用。

睡觉好了，精神头才能足。老寿星每天一般要睡3次觉，早上9点多睡一会儿，下午1点多睡到5点左右，晚上9点多看完电视，准时睡觉。晚上睡觉老人不愿意脱衣服，主要是老胳膊老腿的，嫌麻烦，有时她甚至半开玩笑地说：算了，也许明天早上就穿不上了（意思是过世了）。但是，穿着衣服睡不舒服，休息不好，房洪泽和妻子总是劝说并帮助老寿星脱了睡。冬天，老人怕凉，房洪泽就把屋里的土暖气烧得旺旺的，还用电热毯、热水袋等把老寿星的被窝弄得暖暖的。前些年有一天，老寿星夜里起来小便，不小心摔了一跤，头磕破了，缝了十几针。房洪泽非常内疚。他搬来4把椅子，把老寿星的床围得严严实实，使老人既滚不下床，起床时又有地方扶，不至于摔着。

相比之下，老人如厕是最困难的。特别是86岁的母亲李凤英，因为瘫痪在床，夜里大小便很多时候是不能起床的，尤

其是冬天天冷的时候。为此，房洪泽动了不少脑筋，经过反复尝试，他发明了一种"躺便器"。他把母亲的床板做成两层，在下层床板上接上便盆，在上面的床板上挖一个与便盆同等大小的洞，又在洞口铺上一个网兜。睡觉的时候，在网兜上铺一个小棉垫子，就不会感到凉。当需要大小便的时候，抽出小垫子就可以了。而网兜是为了避免垫子掉到盆里。解完手再将小垫子铺上。因为垫子可能会弄脏，于是他准备了好几个，随时可以更换。

为了方便老人，房洪泽还让奶奶和母亲在屋里解手，他随时清理。为此，他专门改装了两把椅子，放在老人的床头和床尾。他把椅子中间的几块板拆下来，做成类似抽屉式的活动板，椅子下面接着尿盆。老人坐在椅子上解手，非常舒服，也避免了解手时可能发生的危险。

房洪泽发明的双层带孔板床和带有抽屉式的活动板的椅子传开后，本村和邻村的许多家中也有行动不便的老人的人家来取经。对于来取经者，房洪泽总是热心接待，还动手帮他们改装。

孝道传家，
老寿星率先垂范

焦其明是20岁那年被一乘花轿抬到房庄村的，当时，她丈夫（也就是房洪泽的爷爷）才13岁。焦其明既当媳妇又当娘，对上细心照顾公婆，对下照顾丈夫和陆续生育的三男两女。她这个媳妇当得很不容易。婆婆80岁就糊涂了，天天骂人，整整骂了

她3年，但焦其明从来不还嘴，全心全意地伺候了她3年，直到婆婆去世。丈夫晚年时的脾气也挺大，动不动就冲她发火，但焦其明不与他一般见识，该怎么伺候还是怎么伺候，直到26年前丈夫去世。

奶奶伺候老奶奶的事，房洪泽依稀记得。他还记得当时家中生活很困难，麦收、秋收，收获回来好吃的，孩子们只允许吃一次，其余的就都留起来给老人吃。他还记得奶奶把用粗粮换回的一点面做成馒头给老爷爷和老奶奶吃。为了不让孩子们吃，就把盛馒头的篮子高高地挂起来，让孩子们够不着。

房洪泽以奶奶为榜样，把孝敬老人放在最重要的位置。他数十年如一日，总是把奶奶和母亲的生活起居放在第一位。退休前，无论刮风下雨，他都会在下课后走上几里地赶回家看看老人。前些年，老人身体比较结实，不需要很多照顾，但房洪泽总是尽量多陪她们一起吃饭，拉拉家常，使老人高兴。奶奶心疼孙子，母亲心疼儿子，多次劝阻房洪泽："来回跑太辛苦，中午就不用再回来了，我们能照顾好自己。"但房洪泽却一直"违背"着老人的意愿。"老人年龄越来越大，我不回来看一眼，心里总是放心不下啊！"

房洪泽的爱人崔基凤也是小学教师，多年来和他一样，无论多忙，中午都要赶回家给婆婆和老婆婆做好饭。

房洪泽还有个烫脚的秘方，晚上给老人端水烫脚，用的是杨树、柳树、桑树、榆树、槐树的枝条放在锅里煮沸的水，他说这"五条子"水最是舒筋活血。

房洪泽的孙女对于老老奶奶和老奶奶也非常孝敬。曾经，她看到爷爷给老奶奶和老老奶奶洗澡还觉得有些不好意思。后来体会到这是爷爷在尽孝，对爷爷的敬佩之情又多了几分。

暑假回家，她主动承担起给老奶奶和老老奶奶洗澡的任务。她说，老老奶奶和老奶奶对她可亲了，爷爷给她们的点心，她们常常留起来，偷偷给她吃。有一次她放假回家，老人悄悄塞给她一些点心，由于时间太长了，都馊了。

房家的孝道传承，至少是从老寿星焦其明开始的。在她的影响下，她的儿媳也就是房洪泽的母亲也很孝顺。老婆婆与第二代婆婆相处得非常和谐。她们共居一室已经 20 多年了。至今焦其明还常对人说他的大儿媳妇是个孝顺的媳妇。她还自豪地说："俺儿媳妇都 86 岁了，别看她比我小 20 岁，体格可不如我壮实，我时常给她说个笑话，开个玩笑，她还不好意思。俗话说'笑一笑，十年少'，一笑就成小孩了。"

返老还童，
有时候老人还真成了老小孩

这话还真不假，焦其明晚年就变成了"小孩"。老小孩、老小孩，人老了，在许多方面还真是返老还童呢。第三代媳妇、房洪泽的爱人崔基凤就讲了这么两个令人啼笑皆非的故事。

吃烧鸡，当然是把好肉都撕给老人，晚辈人啃骨头。但有一次，老人吃着吃着突然"发现了问题"，问："怎么你们吃出那么多骨头？我却吃出这么少？"那意思是，责怪给她

的鸡不正宗，亦或是觉得孙子孙媳重孙子们吃得比她多。

　　农村人，每年都要拆洗棉被。老太太眼好，过去活儿也好，崔基凤每次做被子，老婆婆都在一旁挑剔。这一次崔基凤多了个心眼儿，趁老太太睡着了，把自己锁在里间里做被子。没想到崔基凤刚动手，老婆婆就醒了，而且立刻判断出孙媳妇在偷偷做被子。于是她用拐杖敲着门喊："你以为我不知道你在干什么吗？你不就是想给我用旧棉花，自己用新棉花吗？开开门，让我看看你都干了些什么坏事儿！"

　　弄得崔基凤哭笑不得。

　　房洪泽讲的故事更有趣。他说，山东电视台《天下父母》邀请他们一家到北京的演播室做节目，他与奶奶商量，说到北京，到毛主席住过的地方。老寿星半是精神半是糊涂地说："去见毛主席？咱一个娘儿们家，人家能和咱拉呱？"停了一会儿又说："毛主席为什么不到济南来？为什么不到咱家来？"

感悟与思考 》

　　家庭是我们的港湾，是我们成长的摇篮，更是我们成长的第一所学校；父母是我们最亲的人，也是我们的第一任老师。我们生活在家庭中，得到了父母长辈的关爱和教育。可以说，家庭生活对每个子女的成长都起着至关重要的作用。

　　故事主人公房洪泽能够从吃饭、睡觉到如厕，细心地照顾年迈的祖母焦其明，是来自于他对长辈深深的爱和中国古老传统中的孝道思想。从这则故事中，我们读懂了什么是真正的孝道。而在当今社会，中小学生绝大多数是独生子女，不少的孩子习惯了享受父母长辈对他们的爱，而不知或不会关心父母长辈，缺乏家庭责任感。这则故事可以让我们更好地感悟家庭成员之间的关系，体会家庭成员间的亲情，体味父母长辈的养育之恩，可以激发我们对父母长辈的感恩之情，从而自觉主动地尊敬、关心、孝敬父母长辈。

　　透过生活中的点点滴滴，我们看到了赡养老人、照顾孩子的辛劳，更看到了那浓得化不开的亲情，你能说这种辛劳不是幸福吗？

大导演 和
老妈妈

　　在电影界，大导演翟俊杰的孝顺是出了名的。尽管工作很忙，但他还是常常回家陪母亲说说话，给母亲洗洗脚，剪剪手指甲、脚趾甲。为了能多陪陪母亲，他甚至把母亲带到拍摄现场。

忠孝不能两全，
父亲的去世使他更加珍惜母亲

　　1990年，翟俊杰执导《大决战》。这个片子工作量非常大，又是政治任务，工作非常繁忙。恰在这时，老父亲查出重病。为了不影响儿子工作，老父亲执意回老家休养。临行时，老父亲行动已经有些困难了，还用颤抖的手握着毛笔，给儿子写下了两个条幅：一个是"待人以诚"，一个是"艺海奋游，事业成功"。翟俊杰明白，这里既有老人对自己做人的教诲，也有老人对自己事业的祝福，实际上是老人的临终遗言和嘱托。从北京到南京拍外景时，翟俊杰顺道回老家看望老父亲。老父亲已经病倒了，但还再三催促他离开，不要耽误工作。连小保姆都劝他离开，说："叔叔，你放心吧，我会好好照顾爷爷的。"翟俊杰几次欲走还回。最后，他跪在父亲床前哭着说："爸，实在对不起。我要不赶紧回去是不行的，全剧组的人都等着我，一天也不能耽误。忠孝不能两全，我不能陪你了，我得去工作，让兄弟姐妹们替我尽孝吧。"他给老爸磕了个头，在老母亲的推搡下，依依不舍地离开家。就在《大决战》紧张拍摄的时候，有一天收工后，摄制组的政委马富友同志给翟俊杰端上一碗鸡汤，饭后又拉着他到大澡堂洗澡，为他搓背。翟俊杰说："你这个老家伙，今天怎么对我这么好啊？"马政委一边打着哈哈，一边聊起了翟俊杰的老父亲。听着听着，翟俊杰感觉有些不对，就说马政委你对我如实说，我能承受得住。在他再三追问下，马政委从口袋里掏出几份电报，依次是：父病重速归、父病危速归、父病故速归。尽管是在拍摄最紧张的关头，组织上还是给了翟俊杰两天假，让他回家送别父亲。翟俊杰回家看望了父亲的遗体，第二天遗体火化后，又火速赶回剧组。临行前，他从父亲的骨灰盒里取了一撮骨灰，用白棉布包起来，装在一个135胶卷的胶卷盒里，揣到怀里，带到了外景地，

晚上就放在枕头旁边。他牢记父亲的嘱咐，强忍悲痛，全身心地投入拍摄。一天的工作顺利结束后，摄制组的制片、化妆、副导演等人买来黄裱纸叠起来，在上面写了"翟老先生收"的字样，到摄制组驻地附近的一块菜地里为老人烧纸。大伙儿说："翟导演你跪下，给父亲烧点儿纸。"翟俊杰有些犹豫地说："这会不会有点迷信？"同事们说："不会，咱们就用咱中国老百姓最原始的方式来纪念父亲。"望着黑夜里伴着红红的星火升腾起来的纸灰，翟俊杰百感交集，他默默地告慰父亲，也为同事们的细心和体贴而感动。是呀，人生苦短，老母亲的年纪也大了，得想尽一切办法，在可能的情况下，把母亲接到身边，尽可能地多跟母亲在一起。

孝敬母亲是一件很幸福的事

63岁的翟俊杰把86岁的母亲接到了片场。这一下，母子俩得以朝夕相伴了。每天回到住处，高高兴兴地叫一声妈，翟俊杰说："这是最幸福的事儿！"有时候半夜才回到住处，老母亲安静地躺着，早睡熟了。翟俊杰常常对着母亲安详的脸看上好长一会儿，心里特别温馨，特别来劲。他想，小时候，是母亲站在床前看自己睡，现在倒过来了，母亲成了老小孩儿，自己就应该反过来照顾母亲，呵护母亲。

工作间隙，翟俊杰常常挤时间回家看望老母亲，给老母亲捶捶背，洗洗脚，剪剪脚趾甲。这让翟俊杰的妹妹也非常感动。她说："大哥对母亲的孝敬，给我们做出了榜样。我学着给母亲洗脚时，第一次还有些不好意思。"翟俊杰说："咱们小的时候，母亲为咱们把屎把尿，哪里曾有一点嫌脏？父

母亲对咱们的付出，咱们再尽力，也回报不了十分之一呀！"在他的带动下，不但弟弟妹妹，连他的儿子翟小兴也给奶奶洗脚。不仅如此，小兴还给父亲洗脚。这回轮到翟俊杰不好意思了，他说："别，我自己来吧，我不像你奶奶那么胖，自己能弯下腰洗。"小兴把他按坐在椅子上，说："爸，你这么忙这么累，就歇会儿吧。"

对于自己对母亲的孝敬，翟俊杰说："这算不了什么。父母亲在我们小的时候，无微不至地照料我们、抚养我们，用心血把我们养大，他们并没觉得自己有多伟大，更没觉得应该受到表扬。他们觉得是很自然的。说心里话，有时候，我觉得咱们把母亲对咱们的爱细化一下，感觉会更加真切。比如妈妈为咱们做饭，仔细想想，妈妈这一辈子切的菜可以装多少卡车？她和的面、蒸的馒头、擀的面条，共用了多少袋面？"

翟俊杰印象最深的是，小的时候，冬天，母亲领着他们到湖边，把冰凿开，在那儿洗衣服被单什么的，洗了淘，淘了拧，回家扯上绳子搭上去。衣服被单什么的硬邦邦的，都冻成冰了。那时候没有肥皂，用的是皂角，翟俊杰和弟弟妹妹们小，不懂事儿，还从水里捡皂角豆玩儿呢。现在想来，那时候天多冷啊！冰水多凉啊！怎么忍受得住！可母亲就拿着棒槌在那儿捶、洗、淘。

他还记得家里窗台上常常摆放着大大小小的新鞋。那也是母亲做的。家里人多，鞋都得母亲做。从搓麻线开始，到纳鞋底，缝帮，一双鞋需要好几个日夜才能做好。而孩子穿鞋又费，不几个月就这儿破了那儿开了的，又得做新的。小时候，有时夜里睡醒，翟俊杰总是发现母亲在灯下做衣、做鞋。

所以，翟俊杰说："想想这些，我就觉得孝不是给人看

的，我们本来就应该孝。用过去的话说：如果一个人不孝，就不是人子了。当老鸟老得在窝里不能出来打食时，小鸟还知道叼个小虫子反过来喂老鸟，何况我们人呢？有时候仔细想想，自己真正和母亲在一起的时间一辈子才有多长？上学、工作，不可能都守着母亲。我觉得母亲年事已高，能跟她老人家在一块多待一会儿，是最可珍惜的事情。"

老妈妈在片场
现场评说大导演

《冰糖葫芦》是在北京拍的，当时是暑天，七八月份，最热的天气。老母亲每天在家里熬绿豆汤，晾凉，放到保温筒里，然后头上顶块毛巾，提到拍摄现场，一边喜滋滋地看着儿子和摄制组的人喝绿豆汤，一边给儿子扇扇子。尽管眼下冰红茶、冰绿茶，饮料多得很，但是喝着老妈妈亲手煮的绿豆汤，感觉还是不一样。

摄制组里的演职员也与老人混熟了，特别亲，有的喊妈妈，有的喊奶奶，也有的叫老阿姨，叫什么的都有。大家都很欢迎老太太。老妈妈也不客气，有叫必应，脸上乐开了花。老妈妈呆久了，对拍摄也能看出点儿门道来，有时候就坐在儿子身后，看着监视器，一边看还一边小声发表议论。看多了，居然知道近景、中景什么的。在南京拍《七战七捷》时，有一场是战争场面：登城、攻城。在练习的时候，大导演一喊"预备—开始"，战士们扛着云梯就冲上去了。大导演喊停后，问老妈妈觉得怎么样。老妈妈说不真实。问她哪里不真实，她说里头还有人笑，打仗怎么还笑呢？大导演说刚才是练习。过会儿实拍了，炸点、冲

锋、火光、电光一齐用上，冲锋攻城的时候，还有人从城墙掉下来。拍完以后再问老妈妈这个镜头怎么样，老妈妈说："这个挺好，挺真实。"

老妈妈不光是第一个观众，还演过戏。有一次电影里头有一个老奶奶的角色，就一段戏，几句话，副导演到处找不到人，最后找来了又不合适，几个老太太都很拘谨，最后副导演说干脆叫翟奶奶来演得了。翟俊杰有些犹豫，毕竟老太太从来没上过镜头。副导演对老妈妈说，请她演一个老太太。说了大致剧情后，不给她剧本，只把她的词抄写下来给她。老妈妈说："我行不行啊？"副导演说："你肯定能行。"老妈妈就应下来了。当天晚上，半夜，翟俊杰已经睡着了，突然被人轻轻推醒，见是妈妈站在床前，吓了一跳，忙问有什么事？老妈妈说："我的台词里头是说'别逗了'还是'甭逗了'？"翟俊杰不禁为老太太的敬业精神所感染，他认真想了想说："'甭逗了'是北京的说法，你就说'别逗了'吧。"她说："好好好，那我就清楚了，你睡吧。"第二天一拍，居然是一遍通过，没有掉一个字，没有打一个嗑巴，而且表情非常自然。演完了以后，大家都鼓掌夸老太太演得太自然了，太好了。老太太乐呵呵地离开时，制片主任追上去说："翟奶奶，你签个字。"老太太说："签字干什么？"制片主任说："给你200块钱，你今天热了一上午。"老太太不要。制片主任说："这是你应该得的，你付出劳动了，这是劳务费。"老太太立马买来西瓜给大家吃。晚上，她很高兴地对儿子说："我今天又创造价值了，我演了个角色，我又得了200块钱。"

我们真是吮吸着
妈妈的血水长大的

　　孝，不但要做，还要传承。在教育儿女传承孝道上，翟俊杰也有独到之处。

　　翟俊杰和妻子都是部队文艺工作者。二十世纪六七十年代的非常时期，部队要求很严，那时人们的奉献精神和纪律性也强。翟俊杰的大女儿，出生后只吃了三个月奶，做母亲的就得回部队，必须断奶。根据医生的指导，翟俊杰的妻子到中药店买来一种叫大麦芽的中药，熬成汤喝下去，把奶水一点一点逼回去。对于正在哺乳期的妇女，这是很痛苦的事：一方面是身体的痛苦，乳房胀痛，几层衣服都被奶水湿透了；另一方面，看到嗷嗷待哺的孩子有奶不能吃，心里受熬煎。看到妻子和孩子都在受苦，翟俊杰心里也酸酸的。

　　在马上就要回部队的时刻，妻子抱过女儿，让女儿吮吸了最后几口奶水，然后，毅然回过头，含着泪走了。这一幕，深深地刻在翟俊杰的脑海里。

　　两年半之后，他们的儿子出生了。这时形势更严峻，儿子只吃了两个月奶，做母亲的就必须回部队。还是用大麦芽汤把奶水逼回去。翟俊杰知道，两个人工作都太忙，以后不可能再要孩子了，妻子这次断奶后，也就不可能再有奶水了。于是，在妻子喝了大麦芽以后很疼很难受、用吸奶器吸出一些奶水以后，翟俊杰找了三个装青霉素的小瓶，洗干净，把吸奶器里的奶放了进去，用腊胶布密封保存。一瓶写上翟小乐存念，一瓶写上翟小兴存念，另一瓶他与妻子永久保存。

　　也算是子承父业吧，他们的一双儿女都从事了文艺工作。女儿翟小乐北京电影学院毕业后，分配到武警总部电视艺术

中心；儿子翟小兴中央戏剧学院表演系毕业以后，分到国家话剧院。

日子过得飞快。女儿翟小乐要结婚时，翟俊杰对女儿说："你结婚，爸爸要送你一件礼物。"女儿说："我什么都不缺，我不要你们的钱，你们也不必给我什么东西。"翟俊杰说："这件东西你一定要收下。"说着，他就拿出了那个密封的小瓶。看着瓶子里血红色的液体，翟小乐不知道是什么，可是当爸爸告诉她，这是妈妈20年前的奶水时，翟小乐一下子愣住了，她没有接过小瓶子，而是冲着这一小瓶奶水跪下，泣不成声。

女儿的表现使翟俊杰感慨很多。当初他保留这三瓶奶水，也并没有想得太多，只是觉得妻子很不容易，断奶很痛苦，孩子有奶吃不着很可怜。事隔多年，当他从箱底拿出珍藏的小瓶时，发现白色的奶水竟然变成了血红色。一刹那，他甚至不敢相信自己的眼睛，然而千真万确的是，妻子当年的奶水，已经变成血红色了。拿着小瓶，他想了很多："母亲的奶果真是用血变成的啊！这是妻子喂孩子的奶水；我们小时候，妈妈哺乳我们，用的也是乳汁，也就是说，自己也是喝着母亲的血长大的。那么，世界上最珍贵的东西是什么？不是金银财宝，而是母乳。"

感悟与思考 »

人生，总是慢慢走向高远，那么父母便是儿女脚下最为坚实的土地，是儿女背后一份永远的支撑。

那些琐碎生活中的操劳，那些对儿女如影随形的牵挂，那些浸满了挚爱的点点滴滴都告诉我们：哪个新生命背后没有父母辈呕心沥血的付出？当父母之爱如阳光般洒满，当父母把风雨挡在门外，儿女们常常只是习惯了这份光明与温暖的平常，却不曾留心这份挚爱背后的辛苦与难得。

孝，是生命的反哺。伴随儿女的成长，父母却在生活的磨砺与沧桑中渐渐衰老。当盛年已过，当儿女在忙碌中远离，父母往往开始走向疲弱与孤独，生活开始变得寂寞与生硬。做儿女的咱们也应该想到：父母们也渴望儿女的关注与温暖啊！在生活中忙碌的人，时间常常被流俗左右。翟俊杰把母亲带在身边，不仅尽了为人子的孝道，也继续着自己辉煌的艺术人生！

孝道，正是生命传承的需要。亲情，是生活中最踏实的那份温暖。

也许工作太忙碌，也许远在他乡，也许父母已两鬓斑白年迈多病，我们应如何表达对父母的感恩与牵挂？为他们分担家务，为他们改善生活条件；或许，也能够像翟俊杰那样让父母生活在自己身边？

孝女黄薇

黄薇既是影视演员，又是主持人。她先后六次成功饰演邓颖超，给观众留下了深刻的印象；她同时又是中央电视台名牌栏目《夕阳红》的主持人，深受广大观众特别是老年观众的喜爱。2009年元宵节，第三届中国演艺界十大孝子颁奖盛典在北京隆重举行，黄薇又高高举起了十大孝子的奖杯，她孝亲敬老的事迹也被广大观众所知。

为另一半定标准

作为一个公众人物，黄薇生活一直很低调。她希望和所有的同龄人一样平平淡淡地生活，在平淡的生活中感受甜蜜、体味幸福。

到了谈婚论嫁的年纪，黄薇给自己的另一半设定了一个前提：千好万好，孝心不可少。她的理由是："如果一个男人不爱自己的爸爸妈妈，他的爱心何在？他又怎么会爱我呢？"黄薇结婚的前一年，爱人的父母先后因病去世。在两位老人生病期间，黄薇的男友精心照料着两位老人，在老人最需要儿女照顾的日子里，他几乎没有离开一天。这一切，黄薇都看在了眼里。事实证明，她的选择是正确的。

我对不起父亲

黄薇出生在一个高级知识分子家庭，父亲和母亲都毕业于北京外语学院。父亲黄德嘉把自己的大半辈子都献给了祖国的外交事业，先后在前苏联、德国、法国等20多个国家出任外交官。黄德嘉身体一直很健康，70岁时，还经常担任各种外交活动的顾问和翻译。

1997年5月的一天，正在主持节目的黄薇接到丈夫的电话，说父亲在下楼时突然摔倒，住进了医院。诊断为脑中风。当黄薇急匆匆赶到医院时，父亲向她提出了一个要求：转到自己熟悉的医院治疗。一向顺从的黄薇想也没想，立刻答应了父亲的要求，并亲自开车帮父亲转了院。然而，谁也没有想到，这样一个简单的决定，却差点要了父亲的命，并因此让父亲瘫痪在床整整11年。

中风是中医学对急性脑血管疾病的统称，主要表现为偏瘫、失语、认知障碍。该病发病率与年龄密切相关，80岁以上发病人数明显增多。在我国城市中，中风已列为死因排第一位的疾病。中风的常见诱因是高血压病、动脉粥样硬化、先天性畸形、其他血栓脱落等。中风后治疗的关键是及时、得当，就近让患者静躺，打电话请专业医生来救治，千万不要搬动、颠簸。而且，中风还有一段最佳治疗期，一旦错过，往往造成难以挽回的后果。

每每说起这件事，黄薇都会说这辈子她最对不起的，就是父亲。因为不懂得中风病人的护理常识，又对父亲顺从惯了，所以犯了治疗的大忌！转院的折腾、颠簸，加重了父亲的病情，也耽误了最佳治疗时间。本来父亲栓塞得不是太厉害，进行一些药物调理，平躺静养7天到10天，极有可能恢复到正常。而自己，恰恰在父亲最危险的时候，开车拉着父亲转院。

黄德嘉瘫痪之后，整个人基本上就崩溃了。设想一下，换了任何一个人也接受不了这样的现实：穿戴整齐出门，只是下楼时跌了一跤，就再也站不起来了，而且生活不能自理，连大小便都要别人照顾，这对于一向风度翩翩的他，反差太大了！特别是大便，太残酷了。正常人躺着是解不出大便的。黄德嘉为了不让别人给他端屎倒尿，整整忍了10天。肚子胀得绷绷硬，像石头。安静下来的他，望着窗外的楼顶，自言自语地说："我现在连爬上去的能力都没有。"一直守在身边的黄薇想："父亲爬上去想干什么？难道……"黄薇不寒而栗。

让父亲站起来

　　看着父亲躺在那儿痛苦万分，黄薇心如刀绞，她发誓，一定要让父亲重新站起来，找到活下去的勇气。然而，由于父亲病情严重，又先后中风4次，整个右半身一动不能动，需要有人24小时贴身陪护。

　　即使这样，黄薇的信念也没有变。为了让爸爸重新站起来，她用尽了所有办法。

　　在父亲黄德嘉心中，黄薇就是一只百灵鸟，他最喜欢的百灵鸟。黄薇一回家，黄德嘉就高兴地说："百灵鸟飞回来了！"在家里，黄薇总是叽叽喳喳说个不停。利用爸爸喜欢自己的心理，黄薇就故意"刁难"爸爸，引导爸爸进行康复训练，比如，鼓励爸爸从拿起一个玩具到捏起一粒花生米。这个小孩子做起来也不难的动作，对于半身不遂的老爸却难若登天。黄薇有时候用激将法，有时用赏识法，有时用恐吓法，总之就像是哄一个大宝宝那样诱导爸爸进行手和肢体的恢复性练习。

　　2000年2月，黄薇决定把父亲接回家中静养。黄薇给父亲制定了一系列的康复计划，第一步就是让父亲锻炼动手能力。为此，她给父亲准备了一碗黄豆，让他每天练习。在女儿的鼓励下，3个月后，父亲终于抓起了第一粒黄豆……

　　此后，黄薇又开始让父亲锻炼自己吃饭。因为手不方便，黄德嘉一顿饭甚至要吃上两个小时。黄薇就守在父亲的身边不停地热饭。经过一年多的锻炼，父亲终于可以自己穿衣、洗脸、吃饭了。

　　2005年的春节，全家人在一起吃年夜饭，黄薇和父亲许诺，等父亲可以走路的时候，一起去海南。有一天，父亲一使劲竟然第一次从轮椅上站了起来，还坚持了5秒钟。当他可以一次站直十多分钟的时候，黄薇开始扶着父亲学走路。为此，她还特制了

一部大号的学步车，陪着父亲在楼下的绿地慢慢挪步。

2007年10月的一天，在重庆拍片的黄薇接到母亲的电话："薇儿，爸爸今天独自行走了50米。"黄薇的眼泪顿时涌出来，她忍不住大叫道："我爸爸终于会走了！"

梦想成真，黄薇真的陪着爸爸在海南度过了一段难忘的时光。那些天，黄薇每天都陪着父亲在海滩上散步、沐浴阳光。笑容和自信又回到了黄德嘉的脸上。全家人也都充满了喜悦和希望。

可惜，偏瘫得以康复后，病魔却再次向黄德嘉袭来……

决不放弃

从三亚回到北京几个月后，黄德嘉又被确诊患上癌症，医生说他只剩下3个月的生命了。每天一录制完节目，黄薇就匆匆赶往医院陪父亲。病魔使父亲的身体越来越弱，甚至一度连续高烧半个月，连眼睛都无法睁开，奄奄一息。连最厉害的退烧药物也只能降到38.5度。医生也宣布无能为力，多次下病危通知书。

就在一家人陷入绝望的时候，黄薇的一位热心观众给黄薇打来电话，说自己所研究的食疗方法一定会对黄薇父亲的病情有帮助。她的电话让黄薇看到了父亲生的希望。根据电话的指导，黄薇东奔西跑，买来一大堆食品。食疗其实是非常费心思的。以早晨补气处方为例，有同仁堂的人参，而且要用整个的，还要新鲜的精肉。6克人参，2两肉，肉和参都切末，煲2小时，得一小盅汤。然后，将汤与人参服下。为了精确计量，还要买来中药铺里用的那种小秤。服用3天后，与这位热心观众通电话，告知服后的状况，对方根据病人表现再对处方作调整。5天

之后再打电话，再调整量与配料。

食疗并不是只早晨这一顿，而是每天5顿，每顿大约3～5种食品，其中包括活的乳鸽、当天的猪肺、当天的猪肝、新鲜的百合等等。这些东西都不好买，偌大的北京城，到哪儿去找杀猪的？费尽千辛万苦买来，做法也复杂得很，还要确保把热汤送到爸爸口边。但再难再累也比不上亲情重要。围绕着父亲食疗这一系统工程，全家总动员。黄薇和姐姐、姐夫、丈夫同心协力，孝心终于感动了上天，服用食疗的第七天，父亲的眼睛终于睁开了。从每天睁开5分钟、20分钟，到三四十分钟，30天之后，父亲居然能坐在家里看电视了。

这天，根据医生的嘱咐，黄薇给医院打电话，调整父亲用药。医生问："老爷子这一阵子怎么没过来呀？在做什么呢？"言外之意，是不是已经归天了？黄薇说："老爷子在看电视呢！"医生在电话里说："开什么玩笑！"黄薇说："这样吧，晚上下班时我开车去接你，来我家看看老爷子，也顺便给老爷子调整一下药。"傍晚，医生来到黄家，看到老爷子端坐在沙发上看电视，惊呆了，好一阵才说："你们给他吃什么了？吃什么东西能有这么大的能量，能让他坐着看电视？"

医生的惊讶不是没有原因的，因为黄薇的父亲是被他们宣布病危的病人，抬回家时气息奄奄，双眼紧闭，处于半昏迷状态。仅仅一个月，居然能坐在沙发上看电视，不能不说是奇迹。黄薇看到了食疗对改变生命质量的巨大作用，坚信父亲能挺过去。两年多的时间里，根据父亲的身体状况，根据季节，尤其是春分、秋分、立夏、夏至等节气，黄薇都严格按照热心观众的要求对食疗处方进行调整，使父亲的病情得到了有效的控制和稳定，生命延长了一年多，创造了医疗奇迹。

父亲安详地走了

　　然而，正应了那句老俗话：治得了病，治不了命。黄薇永远也忘不了父亲的最后一天。那天她有节目，10点40分离开医院到台里化妆。她的心情特别好，对化妆师说："今天我特别高兴，心情就像过年一样。"因为这一天老父亲精神特别好，她特别放心。下午4点录完节目，黄薇接到电话，医院说父亲不行了。这些年来，这样的电话黄薇已经接到过无数次，每一次都是有惊无险，特别是今天，上午父亲的精神那么好，所以她顺口对医生说："怎么可能！"然而，放下电话，黄薇感到自己心跳极不正常，她对同事说："不行，我感觉不对，我得走。"说完，撒丫子就跑。一路跑一路感到父亲的心与自己的心像有一条线连着，自己能感受到父亲的心跳在一下一下拨动着自己的心。直觉上，她感到父亲这次真的有些悬了。到了医院，看到已经陷入昏迷的父亲，她怎么也不相信自己的眼睛，难道早上令她欢欣鼓舞的场景是一场梦？难道，上午父亲的特别精神真的是人们常说的回光返照？

　　父亲的呼吸一次比一次微弱，心跳也越来越无力。父亲已经处于弥留之际。医生问："要不要切？"

　　"切"，就是切开气管，上人工呼吸、起博器，推进ICU病房。这种完全靠机器维持生命体症的方法，大约可以延续生命48小时。但推进ICU病房后，亲人就与患者完全隔离了，不能抚摸，也不能为病人做点什么了。黄薇和母亲、姐姐商量了很久，作出了一个痛苦而艰难的决定：放弃极端方式的抢救，全家人陪着父亲慢慢走。老父亲很节俭，做了一辈子外交官，却舍不得穿名牌西装。事先，黄薇和爱人到西装店为父亲定做了西装，一位专为中央领导人量衣服的老师傅到医院偷偷量了尺寸，父亲的肚子大得惊人，腰围远远超过裤长。名牌西服之

外，马甲、质地柔软的内衣也都准备好了。可是，尽管早有心理准备，看到父亲临终时的样子，黄薇还是禁不住崩溃了。为了父亲这一天，黄薇向北京松山医院专门做临终关怀的医生询问过，可以为父亲做些什么。此刻，这些准备都派上了用场。她不想让医生在父亲身上再拉开一点点口子，不想让父亲再受任何的罪。她只想让父亲舒服一点，少一点痛苦，平静地走。

好像有一种预感，黄薇在父亲即将离开人世的前几个小时里，不停地在和父亲说话。她想把对父亲要说的话都说完。七个多小时，黄薇一停不停地说，手也不停，一会儿给父亲擦这儿，一会儿给父亲揉揉那儿。把一辈子想对父亲说的话，不好意思说的话，都说了出来。黄薇非常爱父亲，却从来不好意思对父亲说出"我爱你"这样的话。这次都说出来了。

她拉着父亲的手，找到自己最好的声音，让父亲感觉到女儿很高兴地与他说话（父亲看不见她在流泪）。她说："老爸，我爱您，感谢您生我养我，感谢您这些年为女儿的付出。老爸，您不仅给了我生命，还让我成功地塑造了伟人的妻子，使我获得那么多奖。但再怎么样我也只是您的女儿。您吃了很多苦，女儿永远都不会忘记。爸爸，如果你觉得你的女儿哪一点做得不够的话，你一定要原谅我。我下辈子还做你的女儿，你一定要给我机会，到那个时候我一定补上。"她说的是心里话，她总觉得自己对父亲付出的还是太少太少。她多么希望父亲再活10年、再活20年，自己努力学习、努力实践，把父亲照料得更好些。

在黄薇的临终关怀下，老父亲走得非常安详，两眼闭得很实，嘴角居然是翘上去的。连太平间的两位师傅都惊讶地说："天哪，这位老先生走得这么安详！"

53

让妈妈活得快乐

送走父亲后，黄薇紧紧地抓着母亲的手，流着泪说："妈妈，你现在是我唯一的老宝贝了。"

黄薇常常感到愧对母亲。照顾父亲的时候，她顾此失彼，忽视了母亲。她担心母亲孤单，就召集一帮老人组成"爆聊团"。外面冷，黄薇就把老人们请到自己家里，给她们准备好茶、水果等，让老人们到家里"爆聊"。黄薇说，母亲快80岁了，就是个老小孩。在照顾母亲的过程中，黄薇忽然悟到了"用进废退"的道理："你把她照顾得越周到，她越是什么都不做，她的功能退化得就越快。"所以，在母亲力所能及的范围内，黄薇最多就是给提个醒儿。下楼时，她不搀不扶，只是关照一声："妈妈，看脚底下。"吃饭时，即使母亲夹不起菜，她也只是告诉母亲"左手拿勺子帮一帮"。她现在尽量让母亲做她能做的事情，甚至让母亲给自己织围巾，让母亲多动手动脑。黄薇认为，这也是一种孝。

在生活上，老妈与老爸一样节俭。为此，黄薇给老妈买衣服都是"打折"报价。有一次她给老妈买了件1000多元的衣服，谎称300元，老妈穿上很得意，对女婿夸奖说："小薇给我买的这件衣服才300元，穿上特舒服，样式也好。"女婿不知就里，随口说："什么呀，这件衣服1000多元呢！"老妈知道了真相，很是心痛，舍不得随便穿了。随着生活水平的提高，老妈"心理承受能力"也在增加，黄薇也慢慢提高了报的价码。这天，她和丈夫带老妈逛商场，看到一件衣服老妈挺

中意，标价 3000 多元，黄薇对母亲说 1000 元。老妈没戴老花镜，看不清标签，信以为真，喜滋滋地试衣服。趁此机会，黄薇悄悄对售货员交代，如此这般。老妈试好衣服回来，售货员说："阿姨，你看，这个颜色的衣服你穿也很合适，我们这几天正好搞活动，如果买两件打七折。"黄薇和丈夫趁机起哄，说这么便宜，干脆买两件吧。老妈一高兴，就选了两件，说可以替换着穿。这次是黄薇大意了，没及时把标签拆下来，老妈回家戴上老花镜仔细端详衣服时，无意中看到标签，大呼上当。

带上老妈去旅游

黄薇有一个目标，要带着老妈走遍全国。一有空闲，黄薇就带着老妈去旅游。她不随团，而是自己陪着老妈。如果上午有走路的项目，下午就安排老妈休息，或是乘车。旅游中，既让老妈充分休息，也不让老妈太懒散。有一次在西湖，上午安排了休息，下午在西湖随便走走，并到一家名吃店就餐。但老妈有些不想动弹，老想提前进饭店。黄薇就千方百计提起老妈的兴致，坚持走完预定的路线。

虽然工作很忙，但黄薇对老妈"管"得还是很严。特别是老妈有活动的时候，她总是叮嘱老妈一定要坐出租车，不要图省钱挤公交车。如果老同事们一起吃饭，她叮嘱老妈一定要选干净一点的饭店，并且要主动买单。事后，老妈要凭出租车发票和就餐发票找黄薇"报销"。做得好有红包奖励，如果没有出租车票和就餐发票，或者就餐发票的饭店档次不够，就要受到"口头警告"。

在黄薇的呵护下，80 多岁的老妈生活得很幸福，很快乐。而这，也是黄薇最大的幸福和快乐。

感悟与思考 ≫

　　百善孝为先，作为一位公众人物，黄薇用自己的实际行动诠释了"孝道"，起到了对社会群体的良好的行为示范作用。

　　何为孝？我们已经不能单纯地将"孝"理解为就是给老人提供相对好一点的物质生活条件。随着社会的发展，人们的生活水平越来越高，良好的物质条件不能满足人们的精神渴望，君不见那么多老人住在儿女为自己买的富丽堂皇的居室里，顿顿享受山珍海味，却执拗地守望着孩子们回家的路，眼神里饱含着期待与失落。所以，孝是一种体贴，是一种行动，是一种絮絮的温情，《常回家看看》就唱出了天下爹娘的心声。在父母眼里，最美的风景不是那奇山峻岭，而是含饴弄孙的温馨场景；最大的快乐不是儿女递上的钞票，而是合家团圆的其乐融融。所以不管您多么富有，请向您的父母献上您最深情的问候；不管您多么繁忙，请尽量抽点时间陪陪您的父母；不管您多么辛苦，请您陪在父母的身边聊聊天。即便我们生活得再辛苦、再清贫，只要心中有"孝"，我们都会用自己的行动完美地诠释出心里的"孝"。

肥姐和她的
乖女儿

　　肥姐的女儿因为漂亮而可爱，因为可爱而更漂亮。4岁时，母亲心脏病发作，她机智沉着，救了母亲一命。但这还不是她最令人感动的事，她与父亲、与姥姥姥爷的亲情，与同学之间的友情，与老师的师生情，让每一个人为之落泪。因为她的善良，一个即将破碎的家再获温馨。为了实现姥爷、姥姥的理想，她立志要考上清华大学。人们不禁要问：同样是独生女，为什么小小年纪的她就这么懂事？

　　一个4岁的小女孩究竟能做得了什么？靠在妈妈怀里撒娇，或者因为妈妈不给自己买心爱的玩具而哭鼻子，抑或缠着爸爸妈妈给自己买喜欢吃的零食？这些答案适合于大部分4岁的孩子，却不适合我们这个故事的主人公。因为4岁的时候，她便把自己心脏病发作的母亲"抬"到床上，她开始亲口"喂"母亲吃药……她便是小姑娘王曦梦。

　　故事要从互联网说起。2004年3月份开始，天涯社区里的"我爱我家"栏目突然因为名叫"肥姐sanly"和"可爱girl"的母女俩的到来而变得异常热闹。母亲"肥姐"在帖子中描绘了一个聪明、懂事的乖乖女"可爱girl"。一时间，"可爱girl"成为天涯社区里最为闪亮的明星，无人不知，无人不晓。而这个平凡家庭的至爱亲情，也成为诸多网友赞叹不已的话题。

4岁女儿救了母亲的命

　　肥姐一辈子也不会忘记6年前的那一天。肥姐是一个遗传性心脏病患者，经常犯病。那天，只有她和4岁的女儿在家。突然，肥姐犯病了，两腿下垂地躺在了床边。可能是因为肥姐以前犯过病，曦梦马上明白发生了什么事！她第一时间跑到电话旁，给爸爸打了一个电话，只有一句话："妈妈犯病了。"然后又冲到经常放药的地方去拿药，可那里有4个药瓶，对于只认识简单汉字的曦梦来说，真的无法推断哪一个是能救妈妈命的药。这个时候肥姐已经说不出话来了，只能痛苦而无助地看着女儿。聪明的曦梦居然拿了一个药瓶子对肥姐说："妈妈，如果是这个你就眨一下眼睛，不是就别动。"试了3次，女儿终于用这种方法知道了该给肥姐吃什么药，又用同样的方法，曦梦知道了母亲的药量。可中药丸实在太大，肥姐的嘴只能张开一点。曦梦于是用手弄成一个一个小小的药粒。可就这样，肥姐还是无法把药吃到嘴里。这时候，女儿做了一件让肥姐感动无

比、终生难忘的事——曦梦居然把3个大药丸放到嘴里拼命地咀嚼，一直变成药汁喂到肥姐的嘴里！肥姐的泪无声地落了下来。要知道，当时的王曦梦只有4岁，平时病了吃糖衣片都要哄着吃的啊。可这次曦梦却天真地对母亲说："妈妈别怕，你死不了的，你都吃药了。真的，你别哭！"

女儿的镇定让肥姐吃惊。她一边哄着肥姐，一边把肥姐的腿抬到了床上。肥姐真的不知道女儿当时哪里来的那么大力气，肥姐之所以叫肥姐，就是因为她有160斤的体重，两条腿对4岁的女儿来说无疑像两座山一样沉重。而等她做完了这些，她又给爸爸打了一遍电话，确认爸爸已经回来，才又跑到床边拉着肥姐的手一直说着一句话："不怕，不怕，妈妈没事的。不怕，不怕……"肥姐从未见女儿如此坚强过。而等到爸爸一进门，曦梦却哭喊着冲过去扑到爸爸怀里："爸爸，你可回来了，吓死我了呀……"

从那时开始，肥姐开始觉得自己的曦梦的确比别的孩子懂事。

只要你照顾好我爸，
我就能照顾好你爸和你妈

曦梦6岁的那一年，为了挣钱，父亲决定到深圳去打工。从此家里便只剩下肥姐母女俩。曦梦爸爸走之前，肥姐的情绪一直都不太好，有一阵经常出去打麻将。有一天，肥姐拿起钱包往外走，曦梦突然叫住了妈妈并把妈妈"训斥"了一顿："……你还有心情打麻将？爸爸自己去南方，在那儿

谁也不认识,他病了怎么办? 他死了怎么办? ! 谁能知道? 你还去打麻将,不打麻将能得精神病啊!"面对女儿有理有据的批评,母亲心头一酸,低下头来,羞愧难当……肥姐这时才明白,原来自己6岁的小女儿,对亲情的理解和对亲人的牵挂,一点儿也不比自己浅,一点儿也不比自己弱。从此,肥姐再也不去打麻将了。

在曦梦的爸爸走了以后,曦梦总是哄肥姐开心,从来不让肥姐操心。可有一天,她却趴在床上蒙着被子不起来。肥姐很奇怪,拉起被子一看,原来女儿拿着爸爸的照片在偷偷地哭泣。肥姐看曦梦很难过,于是带她去了姥姥、姥爷那里,直到曦梦高兴了,才带她回家。可肥姐一进家门就接到父母的电话,他们哭着给肥姐读了一封曦梦写给姥姥、姥爷的信。曦梦在信中说自己要去南方找爸爸,并求姥姥、姥爷养活自己的妈妈,将来挣了钱再还给姥姥、姥爷! 听着女儿感人肺腑的话语,肥姐放下电话做了一个决定:到深圳和老公一起打工! 肥姐把父母接到自己家来照顾女儿,就在肥姐要上火车的一刹那,女儿对肥姐说:"妈妈你放心,只要你照顾好我爸,我一定照顾好你爸和你妈!"听到女儿真诚而又不无机智的话语,肥姐又一次泪流满面。

我要用奖状给你们装修墙

2003 年,父母把曦梦接到深圳去上学。

曦梦很快适应了新环境,不仅老师喜欢她,同学也愿意跟她交往。不过曦梦对新家似乎不太感兴趣。因为在深圳,装修很贵,所以他们的屋子总是空荡荡的,实在不能称之为家。曦梦就问:"妈妈,为什么不装修啊?"肥姐说没有钱来装修。肥姐没有想到,曦梦突然来了这么一句:"妈妈,我用奖状给你装修吧。"曦梦言出必行,她在学校拼命表现,仅一个月就拿回了五张奖状!

长大一定要上清华大学

许多人都问肥姐，为什么曦梦会这么懂事？是不是肥姐的教育有什么特别之处？记者问起这些，肥姐矢口否认："其实，孩子的这些良好品质，都是孩子的姥姥、姥爷教育出来的。"

连曦梦自己也承认："我不是妈妈教育出来的，是姥姥、姥爷教育出来的。"曦梦十分怀念在姥姥、姥爷身边虽然严格却充实的日子："每天我一放学回家就让我写作业，之后他们就知道我写作业用哪个本子，一回家他们就帮我拿本子。我有不知道的就问他们。写完作业之后就可以吃饭了。吃完饭之后我就可以和姥姥一起看会儿电视，到8点就要睡觉。"

"可能我父母都是老师，他们对孩子的教育不是说教。简单举个例子吧，家里来客人了，告诉她鞠躬，这是最起码的。"肥姐补充说。

连肥姐自己也知道，姥姥和姥爷在曦梦的心中占有多大的分量。当记者问起曦梦最想念的人是谁，曦梦的答案不是父母，而是姥姥和姥爷，似乎姥姥和姥爷在她心里的地位，早就超过了父母。

曦梦说："姥姥、姥爷说过，我们中国最好的大学就是北京大学和清华大学。我跟姥姥、姥爷说过，长大一定要考上清华大学。"曦梦大大的眼睛里闪动着光辉。

感悟与思考 》

　　读完这则案例，我们可能会惊讶于这个 4 岁小女孩的镇静和理性，追问下来，我们就会发现小曦梦骨子里的责任和担当。在随处可见"小皇帝"的当代，这两种品质在我们的孩子身上已经鲜有发现。曦梦的责任和担当从何而来？

　　其实每一个人都是伴随着自己独特的体验成长的，有什么样的人生体验，就有可能成为具有什么道德境界的人，就会有什么样的人生。在生活和体验中，我们完成了自己的道德教育。俗话说："穷人的孩子早当家。"贫苦的生活让孩子早早体验到生活的艰辛和一家人同舟共济的快乐，自然比衣食无忧的孩子更能理解劳动、勤俭、分担、责任的意义。曦梦的父母并没有给她灌输生命教育，但现实生活给了她任何长篇累牍的说教和催人泪下的故事都无法带来的体验。母亲的多病给了这个年幼的孩子最初的关于生命的思考，家庭的清贫给了这个年幼的孩子为人子女的责任担当。

　　我们可能会慷慨资助远方的人，却忽略了身边需要帮助的人；我们可能会对帮助过自己的朋友感激涕零，却对父母的付出熟视无睹；我们可能会煞费苦心地创造困难对孩子进行吃苦教育，却包办了孩子的所有事情，忽略了孩子的正常生活体验。你怎样看待这些现象呢？

寻梦

　　这是一个美丽的故事，也是一个充满传奇的故事。然而，它之所以让我们如此的心动，却是因为故事中无所不在的亲情。

故事发生在2004年10月份的一天。地点是风景如画、气候宜人的海滨城市青岛。

爸爸催促她寻找孪生姐姐

青岛市凯发实业总公司总经理黄蓉女士这天和往常一样，下班回家后，忙完家务，又给父亲洗脚。父亲曾是海员，89岁了，身体依然很结实，看上去也就是60岁左右的样子，生活完全能够自理。给父亲洗完脚，黄蓉又揽过父亲的脚为父亲剪脚趾甲。剪着剪着，黄蓉突然听到父亲在喘粗气，并不停地叹气。这是从来没有过的情况。她抬头一看，惊呆了：父亲竟在流泪。她心中一阵慌乱，猜测父亲是身体不适呢，还是受了什么刺激？

父亲先说话了。

父亲哽咽着说："唉，蓉、蓉蓉，唉，你、你不是我们的亲生女儿……"黄蓉的心中"咯噔"一下，手一抖，差点儿剪着父亲的脚。她连忙把剪刀放下说："爸！——"

"真的，我想了好久，早就该告诉你了。当年，我和你妈妈没有孩子，就到青岛山大医院抱养了你。那是1957年的4月9日，我们签了字的，还写了保证书。你是双胞胎，还有个孪生姐姐，也送了人，比你早20天被人抱走了。当时你又瘦又小……"

父亲抹一把泪，继续说："那年你妈30岁，我42岁。这些年来，我和你妈好多次想告诉你，但又下不了决心。你妈走了，现在我也老了，告诉你，你去找你的姐姐，也好有个伴儿。这也是我和你妈的心愿啊……"

此刻，黄蓉早已是泪流满面。她甚至记不起是怎样回到自己房间的。

这一夜，她彻夜未眠。

其实，对于自己的身世，她早就有所怀疑。早在儿童时代，

就有小朋友骂她是"私孩子"，这是当地人对私生子的蔑称，是很恶毒的人身攻击。她哭着跑回家向爸妈诉说，二老也只是否认、只是安慰她，并没有如她想象的那样出去与说这话的孩子"理论"。年纪稍大，她更觉得自己的身份与众不同：首先，别人都是兄弟姐妹一大帮，自己却孤零零的一个；再者，母亲比自己大30岁，父亲则比自己大42岁，也不大符合常理；更重要的是自己的身体长相与父母也很难找到相似之处。虽然这么想，但由于从小父母对自己就非常好，她心中也从未有过什么芥蒂。海员的工资是一般工人的好几倍，母亲是刺绣工，三口之家共有150元的月收入，在那个全国城乡都普遍贫穷的年代，这绝对是超高收入的家庭了。那时候，穿衣服讲究的是新三年、旧三年、缝缝补补又三年，而黄蓉穿的不但全是新衣服，而且样式也是其他小朋友根本见不到的，面料也是最好的。至于吃的，那更可以说天天都是其他小朋友想也想不到的。那种铁桶装的小饼干，她这桶还没吃完，妈妈就又给她买一桶，还有各式各样的糕点、糖果，都是一包一包的，多得吃不完。做游戏时，小朋友们都希望能背着她走一圈以得到糖果吃。父母亲视她为掌上明珠，把她打扮得花枝招展，并年年给她拍新照。影集里，她的照片从小到大，张张都是艺术照，不亚于好莱坞明星的档案。父母一直把她放在蜜罐里像宝贝一样呵护着。

现在，父亲突然捅破了这层窗户纸，搅起了黄蓉心中的波澜。一种从未有过的对于亲情的渴望难以遏制地在她心房里膨胀，甚至像海水涨潮一样一浪接一浪地撞击着她的心房。

她决心要找到姐姐！

第二天一上班，她就驱车来到青岛山大医院，想查阅当年的档案。找到有关人员后，对方抱歉地告诉她，由于20世纪70年代的一场大水灾，放在地下室的档案全部被毁，已经无法查找了。

黄蓉失望而归。晚上父亲问起，黄蓉说了经过。父亲叹了口

气说："那，再想想办法吧。"

想了一夜，黄蓉决定请公安部门帮助查找。公安局的同志听后很是同情，派出所的同志也很配合，先找出了同一年出生的女性。好家伙！青岛生于1957年的女婴居然有18151个！最后查到与黄蓉同一天出生的女婴，则是172个，黄蓉把这172人的档案都看了一遍，感觉上却没有自己的孪生姐姐。于是又转而寻找年龄相同模样相似的。为了拓宽视野，黄蓉通过青岛电视台、《青岛早报》等新闻媒体，前前后后居然排查了1万多条线索！电台、电视、报纸天天有新闻出现，天天有若干人前来认亲，黄蓉忙得不可开交。但见面后一交谈，又都不是自己的姐姐。

转眼半个月的时间过去了，黄蓉寻找姐姐陷入了僵局。父亲一直关心事情的进展。这天父亲说："蓉蓉，你这么瞎蒙不行，还得到医院找线索。你是我们从那里抱来的，一应手续都齐全，怎么会没一点儿线索呢？"

喜从天降，
生母抱住她号啕大哭

黄蓉再次来到医院。在有关人员的提示下，她来到产科查找当年的住院登记记录。幸运的是这个本子还在。在产科的住院登记记录上，1957年4月9日这一天，有两位产妇生下双胞胎：一位叫王立彩，生的龙凤胎；而另一位妇女叫孙芳兰（丈夫姓苏），生的是一对女婴！更令人惊喜的是，当时的接生医生何大夫还健在，当他得知黄蓉就是当年那个送不出去的女婴时，非常感慨地说："哎呀！你长这么大了！别的我记不住，你们小姐妹俩我记得太清楚了，特别是你，身体太弱了，只有不到两公斤重，在保温箱里放了20天，你姐姐早就被人领养抱走了……"

黄蓉一听，与父亲说的完全一致，兴奋极了。她抄下了孙芳

兰这个名字和芝罘路的地址。

孙芳兰，这极有可能是自己的亲生母亲啊！黄蓉越想越激动，寻找姐姐的冲动完全被寻找母亲的冲动取代。她立即开车来到芝罘路。幸运的是：苏家住的大院还没有拆迁，苏家还住在这里，而且孙芳兰老人还健在，只是，街坊们没有人知道老人有过把双胞胎女儿送人的事。

抑制住激动的心跳，黄蓉按响了苏家的门铃。

是一位中年妇女开的门。黄蓉镇静地说明来意后，这位女士说她并不知道母亲曾有过把双胞胎妹妹送人的事。她又说，母亲今天到二姐家去了。

黄蓉说："你能不能找一张你们家的照片我看一下？"

女士拿出一张全家福。黄蓉第一眼就被照片上一个20岁左右的小伙子吓了一跳：这小伙子与自己的儿子太像了！

在黄蓉的请求下，女士给母亲打了电话。电话打了很长时间。忐忑不安的黄蓉听到老太太在那头反复地问，最后这位女士疑惑地把电话交给了黄蓉说："我母亲——她叫你听电话。"

电话里，老太太对她说："你是谁呀？你怎么找到我的？你来吧，来吧……"

女士对黄蓉说，母亲有午睡的习惯，请她下午两点后到二姐家，并给了黄蓉地址。

回到家，黄蓉心中越想越乱。医院的记录和医生的回忆明明白白清清楚楚，白纸黑字十分确凿，为什么苏家的邻居和女儿却不知道这事儿？如果说没有这事儿，那位叫孙芳兰的老太太为什么又叫自己去见她？冥冥中有一股力量促使她才一点多就开车来到了二姐家。当她进入房间时，首先听到的是一个颤抖的声音："是——黄蓉吗？"紧接着，她就被从屋内冲出的老太太抱住了。老太太死死地抱住她，老泪纵横：

"你怎么找到这儿来了？你是怎么找到我的？我对不起你呀！……"并且用尽全力拽着她的头发和衣服："你不要走！我再也不让你走了！"她还对愣在一旁的孩子们连声说："就是她！就是她！就是她呀！"

老太太抱住黄蓉，就站在门槛那儿，哭了足足5分钟："孩子呀，你可回来了，孩子是妈妈的心头肉哇，这47年我没有一天不在想念你们姐妹俩呀！"

黄蓉先是懵了，继而哭了。但过后她还是忍不住有些疑惑，因为事情毕竟来得太突然了。47年的分离，25天就团聚，本来是找姐姐，却找到了亲生母亲和一大帮兄弟姐妹，这一切来得太快了。她渴望这一切都是真的，但又怕万一有什么差错。于是她提出与老太太做亲子鉴定。

但老太太说："不用鉴定，你就是我的女儿。"

苏家的兄弟姐妹也都认为黄蓉是自己的姐妹，因为他们从直觉上就觉得亲，而且模样也相像。黄蓉走的时候，老太太抓住她的手不放，一家人心存不舍。他们都说不用鉴定，肯定是。

连黄蓉的丈夫也来了个180度的大转弯。起初，他听说黄蓉找到生身母亲时，以为是开玩笑，根本不信，说黄蓉是神经质了；后来，他和黄蓉一起到苏家去，下车时，苏家的三儿子来接他们，丈夫一看就喊出声来："哎呀，太像了，太像黄蓉了！不用做什么鉴定了，肯定是！"接着又说："如果鉴定结果说不是，那肯定是鉴定出了差错。"

但黄蓉为了取得更有说服力的证据，还是决定进行DNA亲子鉴定。等待鉴定结果的那几天，每一秒都是极为难熬的。黄蓉既盼望肯定，又害怕万一的否定。那几天她吃不香睡不稳，有时她真的后悔做这个鉴定了。

孙芳兰老人奇怪的梦

趁黄蓉等待鉴定结果的时机,让我们返回头来,讲述发生在苏家的离奇故事。

2004年10月中旬,也就是在黄蓉被父亲告知她不是亲生女儿、开始寻找姐姐之际,87岁的孙芳兰老人得了一种奇怪的病,她每每在睡梦中惊呼:"来了来了! 来了来了! 抱着孩子来了!"儿女们被她吓得不轻,忙问是谁来了,梦见什么了? 老太太却又不说。只说天天心烦意乱,夜夜做着怪梦,梦见抱着孩子的来了。儿女们怕老人得了什么毛病,带她到医院去看,医生说内脏器官没有任何毛病,神经科同样检查不出问题。但老太太的病却是天天犯。苏家兄弟姐妹都愁得很。就在黄蓉与老太太见面的前夜,老太太又做了一个梦,可这一次她没喊什么,而是醒后很高兴地告诉儿女们,她梦见自己在公园里,公园里全是果树,美极了,就像是世外桃源,她发现眼前有一个红红的东西,细看,是一枚硕大无比的柿子。她欣喜地捡起来,刚想咬一口尝尝,却醒了。

这个梦兆示着什么? 老太太和儿女们正犯琢磨呢,黄蓉找上门来了。黄蓉走后,老太太向孩子们讲述了47年前那不堪回首的一幕。

当时,苏家上有老下有小,9口人却只有30元的月收入,生活极其艰难。屋漏偏遭连阴雨,更大的不幸又发生了:苏家的一个男孩从楼上摔下来成为脑震荡,为给他治病欠了医院一大笔医疗费,医院天天要债。就在这时候,孙芳兰又生下一对孪生姐妹,家里实在无法养活,因为当时连接生费都付不起,只好欠着医院的。如果不送给家境好一点儿的人家,两个孩子就活不成。万般无奈之下,只好决定委托医院把孩子送人。苏家爸爸知道妻子不愿意把孩子送人,就说医生要给她查体,让她转过身去,等她回

过头来，孩子不见了。孙芳兰呼天抢地："给我的孩子呀！我要我的孩子呀！"丈夫也心疼一对女儿，可是没有办法，只好劝妻子："在咱们家孩子活不了哇，还是送给有钱的人家让她们去活命吧。"

听罢母亲的诉说，苏家兄弟姐妹才豁然明白，这么多年来，母亲为什么见不得双胞胎，每每看见就捂着眼转过脸去；听不得别人说双胞胎，谁提起双胞胎的事她就难过得流泪；电视上看不得双胞胎，只要是出现双胞胎这样的情节和人物、画面，她就一个劲儿地要求换台；如果电视里有双胞胎孩子比赛、表演，她看了就会难过好几天。

自从抱着黄蓉哭了那一场，老太太夜里再也不做怪梦了。她的病来得怪，去得也怪。

孙芳兰老人带领儿女们
跪在黄老先生面前

终于，鉴定报告出来了，她们生物学母女关系概率为99.999%。五个九的概念就是确定无疑。专家说，这是十万分之一的概率，百年不遇，实在难得。黄蓉带上一大包康乃馨去认母亲。这一次，她抱着母亲大哭不止："妈妈，你为什么不要我了呀！"苏家兄弟姐妹也陪着母亲和失而复得的妹妹流下了幸福的眼泪。

母亲欢喜，苏家兄弟姐妹更是欢喜，他们做梦也想不到中年之后会多出这么个好妹妹。苏家二哥那天下午钓鱼回来，听说妹妹的DNA结果出来了，高兴得放下鱼竿就打车去了老母亲那儿，他说："失散了40多年的妹妹终于回来了，我的心里真是有说不出的激动。以前也想过找妹妹，但没有这个能力，也觉得没有头绪，我现在是60多岁的人了，没想到这个年纪还能见到自己失散多年的亲妹妹，真是高兴啊。现在我们家欢聚一堂了。"

苏家三哥说："黄蓉的出现，在我们家就像扔下块石子，让我们家每一个人都幸福得不能平静。"

苏家二姐说："都说天上不会掉馅饼，谁能想到天上给我们掉下个妹妹来！"她高兴得不得了，"当时黄蓉约好下午两点来我家，结果不到一点半她就来了。一开门我还真就愣住了，因为第一眼看见黄蓉就把我吓了一跳，她跟我们家在北京的大姐长得太像了。我兴奋得好几夜睡不着觉。"

苏家三妹说："这几天晚上我都没有睡着觉。昨天我们兄妹几个去公安局了解 DNA 鉴定结果，正准备上车时手机响了，是黄蓉打来的，她在手机里喊：'DNA 相符！'我当时脑海里一片空白……"三妹说着，眼圈又红了。

孙芳兰老人对儿女们说："黄蓉的养父是庇护黄蓉的大贵人，是苏家的大恩人。"尽管年老体弱，她还是坚持要上门道谢。进了黄家，孙芳兰竟然一下子跪在了黄老先生面前。她说："大哥，叫你和嫂子受累了，我对不起黄蓉，也对不起你和嫂子！"她回身对儿女们说："跪下！都跪下！黄蓉的爸爸也就是你们的爸爸，都给我叫爸爸！你们要像孝敬我一样孝敬黄爸爸！"苏家兄弟姐妹齐刷刷地跪倒在地，喊："爸爸！"更晚一辈的则喊"爷爷"、"姥爷"。

北方有冬至吃饺子的习俗。2004年冬至这天，孙芳兰老人给每个孩子打电话，叮嘱他们别忘了给黄爸爸送饺子。结果黄老先生一下子收到了 5 份饺子！

加倍孝敬生母，
更加敬爱养父

黄蓉找到生母后，下决心把失去的与母亲在一起的时间补回来。现在她每星期都要回家三四趟，给母亲买羊肉、鸡肉、牛奶等，以保证母亲的营养。仅仅几天时间，她感觉自己的心已经与母亲紧紧连在一起了。母亲着凉感冒，怕黄蓉担心，吩咐不准告诉黄蓉，可黄蓉凭着直觉还是感到了，她请假每天上午都陪着母

亲到医院打吊瓶，晚上她就住在母亲家，母女俩有说不完的知心话。夜里，母亲每咳嗽一下，黄蓉就感到揪心地疼。

母女连心。她深深地感受到了这种亲情。

而对于养父母，黄蓉更感到了他们的不容易和人格的高尚。黄蓉在找到生母之后，马上到海葬养母的地方以鲜花祭海。她动情地告诉养母："妈妈呀，我的生母找到了，你的女儿又有了像你一样疼爱我的母亲了。我的母亲和我再一次谢谢你对我的抚养和疼爱。你老人家在九泉之下放心吧！"对于养父，她给予了更多的关爱。原先的时候，如果公司某一天业务多，她就会早晨给父亲做好中午的饭。现在无论公司有什么应酬她都一概辞掉，每天中午都回家给父亲做饭，原先如果忙就给父亲做一菜一汤，现在则是最少两菜一汤。她说："养父母不但对我有养育之恩，还帮助我找到生母和兄弟姐妹，这种无私的精神更高尚更可贵。"

相信孪生姐姐就在山东，
希望能早日找到

在黄蓉寻找亲人的日子里，各界人士通过电视台、报纸、手机短信和网络共给黄蓉发出了30多万个各种内容的短信，这使她感受到社会的关心和人间的温暖，她认为，这体现了中华民族的传统美德已深入人心，体现了亲情爱心无处不在。她说："我非常理解亲生父母当时的境况。我在寻找亲人的过程中，遇到了不少像我这样被父母送人的人。当时是建国初期，整个社会的物质生活水平比较低，很多家庭生活艰难，特别是多子女家庭。我在与这些人的交流中感受到，其实天下父母没有不疼爱自己孩子的，作出那样的决定，实在是被逼无奈。"

她说她有个直觉：她的同胞姐姐就在山东。她相信一定可以找到。她盼望这一天早日来临。

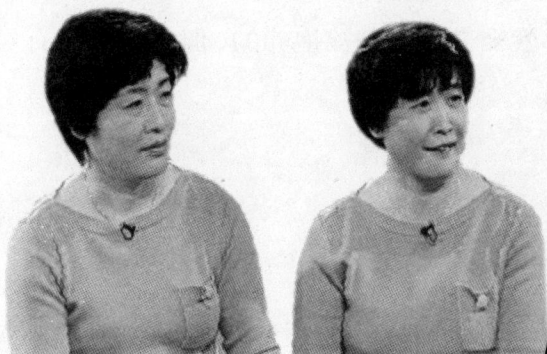

圆梦

（《寻梦》续）

　　《寻梦》纪实片在山东电视台的播出引起了巨大反响，电视台《天下父母》栏目组的两条热线异常火爆。观众在电话中纷纷表示，他们是流着泪看完节目的，他们被母女相见和兄弟姐妹团聚感动，更被青岛市民黄蓉养父母的高风亮节感动。一些有着相似经历的人，在电话里诉说养父母对自己的疼和爱。同时，观众们也积极提供线索，帮助黄蓉寻找孪生姐姐。还有不少女士打电话或写信，说自己有可能就是黄蓉的孪生姐姐，甚至有两位济南的中年女士（一位是市区的，一位是郊区的）先后跑到栏目组，请栏目组的同志帮助牵线认亲。由于栏目组公布了黄蓉的联系方式，黄蓉的手机几乎被打爆！

其实，
她与她相距只有200米

　　而在此期间，青岛市区，距离黄蓉的家仅200米之遥的纪金平女士却处于极度矛盾之中。收看节目时，她就断定黄蓉是她的孪生妹妹。但是，要不要出来认亲，却使她非常为难。她当然希望把妹妹搂在怀里，痛快淋漓地诉说47年的经历，更盼望与妹妹一样，面对生母叫一声妈妈。但是，她却不得不克制住自己的冲动，相反，还要装出一副什么事也没有、心情非常平静的样子。因为，养父母对她太好了，她不忍心伤害他们！

　　甚至，尽管她早就知道自己是被抱养的，但她一直没有对养父母说破此事。

她与她有着迥然不同的
成长环境

　　纪金平生长在养父母家的许多事，是她长大后渐渐知道的。

　　她和黄蓉生长的环境完全不一样。如果说黄蓉是在蜜罐子中长大的，那么，她则是在苦水里泡大的。

　　尽管纪金平出生时比妹妹结实一点儿，但也只有不到两公斤重，而且头还是扁扁的。养父母抱养她的时候，去看了两次才下了决心。抱回家后，父亲看她这瘦弱的样子，担心地问："你能把她养活吗？"母亲说："你放心，我能把她抱回家，就能把她养大！"

　　养父母抱养她的时候，家里条件还是很好的。爸爸是干部，是单位的书记。抱回纪金平刚过了三四个月，就遇上干部下放。俗话说得好："人往高处走，水往低处流。"刚从农村进了城，过得好好的，谁愿意再回乡下受苦？这工作不好做，党组织就号召党员干部

带头。纪金平的父亲作为单位书记率先垂范，积极响应号召，报了名。老伴想不通，说咱们老家连个亲人都没有了，房子也没有了，又刚抱养了这个女孩儿，到乡下去，这日子可怎么过？可吵归吵闹归闹，到最后还得"夫唱妇随"，跟着丈夫从青岛回到莱阳的乡下。那倒是个山清水秀的地方，可惜就是太贫穷。村里给腾了间仓库，一家三口好歹算是住下了，可屋里什么也没有，那真叫家徒四壁！眼看着怀里的女婴饿得哇哇直哭，母亲到邻居家要了把玉米面，做了一碗糊糊喂进了纪金平的小嘴，而她自己，就这么饿着，默默流泪……

　　还有一次，母亲抱她进城，那时的纪金平已经记事了。母亲买了饼干和糖果给她吃，虽然只有那么一点点儿，但那香甜的滋味她至今还清楚地记得。下午回家时，遇上河里发水，早上挽挽裤腿就可以轻松涉过的河，现在波涛汹涌，水没过人的腰。母亲抱着小金平，望河而叹。许多男人们光着身子走过河去。平时腼腆得见了陌生男人就脸红的母亲，见夕阳西下，天色渐晚，再不过河就回不了家了，此时顾不得羞涩、顾不得难为情，央求一个汉子带她过河。汉子在光溜溜的腰上扎了根腰带，她就一手抱紧孩子，一手紧紧地攥住这根腰带，闭上眼，迎着扑胸而来的浪头，趔趔趄趄地过了河。到了对岸，金平身上滴水未沾，而母亲全身却只有胳膊以上是干的。

　　接下来的日子更难过。三年自然灾害使没有家底的这一家人的饥荒比别的人家更甚。但不论多么艰难，即使只有一块地瓜干，只有一口野菜汤，父母也要留给金平吃。时至今日，早已落实政策随父母回到青岛市的纪金平，已经不可能再去询问神志已不太清楚、身体也已是风烛残年的老父亲是不是后悔当初的选择，但这段艰苦的日子，却更让她体会到父母亲对她的爱。从电视上，她看到黄蓉的生活优越，当然心生感慨，但她感到父母对她的爱，一点儿也不比黄蓉从黄家父母那儿得到的少。

姐姐至孝养父母，
对认亲感到为难

使纪金平不愿出来认亲的另一个重要因素是父母的身体，特别是父亲的病。父母亲对她好，她也从小就懂得孝敬父母，她坚持每天早上给父母亲送豆浆油条，每天下班给父母亲买菜送菜。父亲有肺气肿，神志也不清，反应迟钝，每天，只有见到金平才笑一笑，只有摸着金平的手他的手才有点动作。纪金平最怕天凉，特别是冬天，父亲要不断地打吊瓶，一旦犯了哮喘，那就得住院抢救。这一切都由纪金平操劳，她无怨无悔。她觉得，如果因为她的认亲给父亲带来刺激，那她会后悔一辈子。

她曾经给黄蓉
打过一个电话

可是，为帮助黄蓉寻亲，整个青岛乃至整个山东都沸沸扬扬的了，特别是黄蓉找到生身母亲之后，焦点便一下子集中到为她寻找孪生姐姐上来。纪金平这里，更坐立不安了。有一次，一个女友冷不防对她说："金平，我看你与那个叫黄蓉的就很像！我听说你也是抱养的，难道你就是她的孪生姐姐？"吓得她连说："你别胡说！"直到回到家，心还砰砰直跳。

可忙完一天，特别是把二位老人伺候入睡后，她又止不住思念妹妹和亲生母亲。有一次她鼓起勇气，用公用电话，含着泪给黄蓉打了个电话："你别东找西找的了，我就是你的孪生姐姐。你不要问我是谁、在哪里，等有机会我会找你的。"而电话的那一端，黄蓉却是将信将疑。这也难怪，这些天来，天天有人打电话、写信说自己是她的亲姐姐，弄得她都麻木了。

打完这个电话，黄蓉还没什么感觉，纪金平却一连好几天不

能平静，恰好老父亲又犯了哮喘，住院打针，纪金平一忙，这事又搁下了。

等父亲病好出院，纪金平思亲之心又趋于强烈。这天，纪金平从报纸上看到一条消息，说黄蓉又得到了一条线索，将亲赴某地辨认某人是否是自己的孪生姐姐。纪金平实在不忍心妹妹再费心劳神地空跑，就找了自己的几张照片，并附上一封信，托人捎给黄蓉。

看到照片，
她一夜难眠

黄蓉一看这些照片，就觉得特别眼熟。她拿出自己的照片对照，从一岁的，两岁的，五六岁七八岁的，二十多岁的，直到现在的，两个人的照片实在是太像了！她相信照片上的这个人就是自己的孪生姐姐，也一下子猜测到姐姐之所以迟迟不出面相认，一定是有难言的苦衷。也许，姐姐的养父母至今还没告诉姐姐是抱养的，也许，姐姐是怕伤害养父母的心而不愿轻易相认。她高兴、激动，也替姐姐难过。

黄蓉一夜未眠，也没想出该怎么办才好。

养母挑明姐姐身世，
鼓励她认亲

就在姐妹二人心已通、面未谋、欲见又难之际，纪金平的养母促成了姐姐与妹妹以及生母的团圆。

其实，纪妈妈内心斗争也一定是好久好久了。

这天，电视上又演黄蓉找到了亲生母亲后，正锲而不舍地找孪生姐姐的事。纪金平借口伺候父亲，一会儿进父亲卧室、一会儿出来，不想让妈妈看仔细，但纪妈妈却一直在认真地看，还招呼金平："金平，你看这个黄蓉，找姐姐呢，你不觉得她是在找你？"

纪金平大吃一惊，说："妈，您说什么呢？"

"说什么？你的身世我还一直没告诉你呢！"

"妈！您说什么呀！"纪金平的心猛地跳起来，本能地阻止妈妈。

"你不是我亲生的，你是抱养的……"

"妈！你发烧了？糊涂了？"

"妈没糊涂。你是妈从山大医院抱养的，那年我29岁，你爸爸39岁。山大医院有个朋友说，有个小孩子多么好，建议我们去抱养。我们去了两次，是一对孪生姐妹，都只有一点点儿大，一个稍微胖点儿，一个显得更瘦弱点儿，我们就抱了那个胖点儿的。那时你的头扁扁的，浑身是毛，就像是一个小毛孩……你爸说，你能养了这孩子？我说，只要真心，就能。我至今还记得你生母姓孙，叫孙什么兰……"

"妈！"纪金平扑在纪妈妈怀里，哭成了泪人。从电视上她已经知道自己的亲生母亲叫孙芳兰。

"不要怪妈妈这么多年了一直没告诉你，其实妈心里也不好受。如今我们也老了，你爸爸87岁了……去吧，去认妹妹，认你的生母，她们也在盼着你呀，还有你的一大帮姐妹兄弟。这些年来，你也够孤单的了……"纪妈妈擦着泪，坚持把话说完。"妈！"纪金平猛地从妈妈怀里挣脱，直直地跪下了……

接下来就是姐妹相认、母女相认、兄弟姐妹们团聚。在这之前，纪金平与生母做了亲子鉴定。结果当然同黄蓉与生母做的亲子鉴定一样，是"五个九"（99.999%）。此后那些流泪的场面，那些激动的镜头，当然读者都是能想象得到的。

看到三个家庭能够有大团圆的美好结局，我们首先感慨于黄家、纪家四位老人对养女的大恩大德，感叹他们对女儿讲明身份鼓励她们找到生母和姐妹兄弟的高风亮节，其次，我们更领悟到亲生骨肉间浓浓的亲情……

感悟与思考 >>

现实生活中，由于各种原因，不断上演着父母将亲生儿女送人收养，孩子长大成人后又费尽周折寻找亲生父母的故事。有些人如愿以偿地和亲生父母团聚，终于享受到久违的骨肉亲情；有些人却在心中永远地种下了刻骨铭心的怨恨的种子，誓死不与亲生父母相见；有些人即便和亲生父母重逢，那份骨肉亲情也已被岁月冲刷得失去了本真……

案例中的黄蓉和纪金平无疑是十分幸运的，因为她们享受到了胜过骨肉亲情的爱。黄蓉从小就被养父母放在蜜罐里像宝贝一样呵护着，过着无忧无虑的生活。纪金平生活虽然比较困苦，但享受到的父母关爱一点儿也不少。双胞胎姐妹都遇到了好人家，仰仗养父母的关爱和体贴，健健康康地活了下来。

孙芳兰老人虽然放弃了对两个女儿的抚养，可是这么多年来，这位善良的老人心里从来没有安宁过，自责和内疚让老人痛苦不安。当母女重逢后，沉浸于巨大的喜悦之中时，孙芳兰老人仍不忘感恩收养女儿的黄家、纪家四位老人。而黄家、纪家四位老人的善良宽厚更是让人感动，为了培育养女，他们付出了毕生的辛劳，却最终义无返顾地将养女送回她们生母的怀中。这一切无不体现了中华民族的传统美德，体现了无处不在的亲情爱心。

有人说爱情是伟大的，有人说"血浓于水"的亲情才是伟大的。透过这个真实的故事，你是否对亲情有了更深一层的理解？

孝道，一脉相承

　　王劲松（艺名：气壳），北京电影学院表演学院副院长，曾主演《没事儿偷着乐》、《不要和陌生人说话》等多部影视剧。这些影视剧在艺术上和票房收入、收视率上都取得了极大的成功。幽默快乐的王劲松在做人上有一条非常严格的标准，这就是孝。他说："孝敬父母是做人的根本，是做人起码的要求。不孝的人，行善也是伪善，与这种人是不能共事，更不能做朋友的。"

感激母亲生前
帮助自己实现理想

王劲松对母亲感情极深。

王劲松自幼体弱多病。母亲对他呵护有加。长大后，尽管他读了大学，有了工作，但他对表演的热爱却有增无减，下班后偷偷到艺术馆、文化宫去上表演班，甚至在读大学时就逃课去拍片子。对此，父亲非常不理解，觉得他太不实际，父子俩关系一度非常僵。这时，母亲一边偷偷资助他、支持他，一边协调父亲与儿子的关系。在劲松迷茫的时候，身为教师的母亲给他很大的支持和理解，鼓励他再去报考艺术院校实现自己的理想。在母亲的激励下，王劲松同时考上了北京电影学院和上海戏剧学院。母亲非常高兴，觉得这是父子沟通的最佳时机，她当即对丈夫说："你看，孩子终于考上了，不就是多读两年大学吗，你们父子俩不能总不说话呀。"父亲一想也对，就问劲松毕业后回不回哈尔滨。劲松说不想回来。父亲就建议他读北京电影学院，帮他分析说："哈尔滨没有电影厂，你若是读上海戏剧学院，分配还是到哈尔滨话剧团，也就相当于失业了。"劲松听从了父亲的建议，选择了北京电影学院。从此父子俩关系得到缓和。母亲是得脑溢血去世的，很突然，他总觉得没能回报母亲，万分遗憾。

作为哥哥，劲松对妹妹也呵护有加。特别是在母亲去世后，妹妹好长一段时间情绪低落，劲松给妹妹很多鼓励。

对父母孝顺，对姥姥、姥爷也很孝敬，与亲戚朋友相处恪守礼节，劲松在圈内圈外都有极佳的口碑。

情绪俑：
送给父亲和继母的结婚礼物

1995年，父亲再婚。新老伴叫张秋宾。一开始，王劲松叫她张姨。与社会上有些做子女的反对父母再婚不同，对于父亲的再婚，王劲松非常理解。母亲去世后，父亲的生活一下子失去了光彩，没人

照顾，非常寂寞和孤单。所以，对于继母的到来，王劲松是非常欢迎的。他从内心里感激继母，待如生母，他把继母称为娘。他说，是上苍派我娘来照顾我爸爸，照顾我们这个家。他特意给父亲和继母买了一件特殊的礼物——情绪俑。这是一对小瓷人儿，一男一女。由于是分开的，可以摆成各种组合的姿势：从最亲密的接吻到最冷淡的背靠背。他对父亲说，张阿姨来照顾我们，很不容易，咱们要好好待她。如果你看到这个女瓷人侧对着你，就表示阿姨对你有意见了，就要及时沟通。话是说给父亲听的，也不能排除同时说给继母听的用意，毕竟，王劲松对继母和父亲能不能和谐相处还是有几分担心的。

父亲听了只是一笑。继母却留了心。这天，她发现那个男的小瓷人有点侧位，就想，我哪儿做的不太对，惹先生不满意了？暗暗观察了老王好几天，也没发现什么不正常，百思不得其解，晚上问时，丈夫恍然大悟，赶紧解释说是他搞卫生时不小心动了一下。张秋宾这才如释重负，回嗔作喜。

父母床头上这对小瓷人儿，总是嘴对着嘴。这正是王劲松的心愿。

数码相机：
继母说者无心，
王劲松听者有意

1998年春节前夕，王劲松与妹妹商量："张阿姨来到咱们家已经快三年了，她对咱爸爸照顾得很精心，对咱们俩也非常亲，咱们不能再叫她阿姨了，得改嘴。"妹妹问："怎么改？"王劲松说："我改叫娘。"妹妹说："那我还是按老习惯，叫妈妈。"

大年三十晚上，一家人吃年夜饭时，王劲松和妹妹站起身，来到继母跟前，规规矩矩地鞠了一躬，王劲松叫娘，妹妹叫妈妈。

张秋宾揽过两个孩子，激动得流下了眼泪。而此刻，王劲松暗暗地对自己说，今后，不论发生什么事情，自己一定像对生母那样，对继母尽孝，今生今世恪守这个誓言，永不改变。

王劲松对于继母的孝顺，不是光嘴上说说，而是处处上心。那时，继母和父亲还在哈尔滨住，有一次，继母取道北京去海南岛出差，正在北京读大学的王劲松设宴为继母助兴。席间，继母说，路上包被小偷偷了，最可惜的是相机在包里。第一次去海南，本想多拍点照片的。王劲松听了，只安慰了几句，没再说什么。第二天当继母登上火车时，前来送行的王劲松拿出一个崭新的数码相机送给了她。张秋宾非常感动，觉得王劲松是个非常细心的孩子。这些年来，每有新型号的数码产品面世，劲松总要给继母买，数码相机已经买了两台，还有商务通什么的。

每年继母生日，王劲松都有礼物相送。2005年送的是一件小小的玉坠：布袋和尚。他对继母说："娘，送你一个欢喜和尚，愿你和我爸都肚量大大的，笑口常开。"

毛衣改毛裤，
继母让他感受到生母般的温暖

继母对自己的关怀，王劲松更是铭记在心，常常向朋友们提及。

生母生前曾给王劲松织过一件毛衣。穿得年岁久了，磨出几个洞。但王劲松觉得这是生母织的，仍然舍不得丢掉。继母善解人意，把毛衣拆了，毛线洗净，改织成毛裤。王劲松穿上，感到非常温暖，就像是生母仍然在世。他感到继母的关怀与生母一样无微不至，对继母的感情更深了。每次回家，他与继母都要拥抱；每次离家，也与继母拥抱才分手。有几次，劲松离家之后，继母偷偷地掉眼泪。这事被王先生发现了，他暗暗感动，劝解说："孩子去上班，是好事儿。"秋宾抹着眼泪说："我总觉得松儿一个人在外面闯荡，挺不容易。"

孝道传承，父亲的孝道基因
进入他的DNA

问及孝道的理念和自觉从何而来，王劲松说："身教重于言教，我的父母对他的父母是什么态度，这直接影响到我。我从小就受父亲的影响。父亲也有个继母。我的奶奶不是亲奶奶。我爷爷奶奶都是农村的。我父亲对我奶奶那种好、对我爷爷那种孝顺给我印象深刻，特别是在那些生活普遍困难的岁月，不管多苦多难，父亲对我爷爷奶奶照顾得都非常周到，有一点好吃的都是留给老人。这就使我产生一个观念——为人要孝，这是最起码的为人之道。每一个人都孝顺爷爷奶奶、姥姥姥爷，因为你的根在这里。父亲在孝道上给我做出了榜样，也把孝道植根于我的DAN中。"

回忆起与爷爷的交往，劲松对"家有二老是两宝"这句古话有了很深的体会。爷爷和奶奶坐在炕头给他讲故事，讲小时候上私塾，遇到什么样的老师，后来这个老师吸上鸦片了，后来爷爷在长春遇见这位老师，老师已经穷困不堪。当时小，听了也就听了，现在回忆起来，爷爷和奶奶实际上是讲了滚滚红尘中一个跌宕起伏的故事，揭示了人间的沧桑和世态的冷暖，如果拍成电影，会非常好看，并会对人生有有益的启示。爷爷同时讲了许多亲身感受，这些感受蕴含着很多人生哲理，可以让自己少走弯路。

爷爷和奶奶把自己对人生的感悟传承给孙子，让孙子站在他们的肩膀上，看得更远，走得更顺。

王劲松说："孝敬父母是做人的根本，是做人起码的要求。不孝的人，行善也是伪善，与这种人是不能共事，更不能做朋友的。"

感悟与思考 ≫

在我国，自古以来，孝道一直被作为衡量人格和选拔人才的重要标准。从历史上看，不论孝的内容有多么大的发展，但其基本内涵仍不外《说文解字》的解释："孝，善事父母者。"所谓的"孝"，第一是养，即对父母要尽赡养义务，第二是敬，即对父母要尊敬。赡养父母只是孝之末，尊敬父母，使父母精神健康愉快，方为孝之极也。

王劲松可称为孝敬父母的楷模。对于父亲晚年的再婚他非常支持，并且事继母如生母，对继母孝敬有加，这表明他不仅从物质上孝敬父母，而且真正从精神上尊重父母的需要。

在日常生活中，我们是否更多地关注了对父母的物质赡养，却忽略了对父母的精神慰籍呢？

久病床前
有孝子

中国有句老话："卧床百日，床前无孝子。"也有人说："久病床前无孝子。""百日"是短了些，"久"又是多少天、多少个月，或者是几年呢？

截至2004年底，大连人王希海的父亲成为植物人已经24年了，而王希海就精心地照料了植物人父亲24年。从父亲突然患病成为植物人那天起，到2004年农历四月初七为父亲过八十大寿，王希海用自己的行动，最好地诠释了中华民族的孝道，称得起是"久病床前的大孝子"。一片孝子情怀感人至深，让我们一起走近这个顶天立地的男人！

王希海的家，本来就是个比较困难的家庭。母亲体弱多病，没有工作，弟弟患有先天性肢体残疾，不能就业。屋漏偏遇连阴雨，1980年，父亲又突患脑出血，成了植物人。而此时，22岁的王希海刚刚办妥手续，准备到马来西亚做服装生意，多挣点钱以让父母亲和弟弟能过得好一点。面对这突然的变故，王希海陷入了两难之中。然而，经过一天的思考和斗争，他作出一个决定：放弃出国机会，照顾父亲，照顾弟弟，照顾这个家。

我回头一看父亲还活着，一切烦恼全都没有了，这是我最大的心愿

走进王希海的家，首先映入眼帘的是窗前挂满的床单、毛巾和衣物。王希海的父亲是植物人，植物人的皮肤很敏感，一点潮都不行，所以父亲用的床单要一天一换，用一天就得洗。所以王希海每天都要做的事情之一就是给父亲洗换下来的衣物，每天要洗两大盆。

当然，王希海每天要做的，不仅仅是洗这两大盆衣物。

让我们粗略地看一下王希海一天的时间安排。

早晨最迟5点钟就得起床，做早饭。然后给父亲喂饭。上午洗衣物也得2个小时。中午1点做午饭，然后是喂父亲吃饭。晚饭后伺候父亲睡觉。大约晚上11点，王希海才能休息。

但这时间不是连续的，因为有一些固定的工作，已经成为程序，不能更改。

白天，父亲在床上躺半小时，就要扶起来让父亲坐40分钟或1小时。

同时，每隔半小时就要给父亲进行一次全身的按摩。

夏天，每天要给父亲擦两次身，早上一次，晚上一次。冬天则在保暖的前提下，隔天一次。

晚上还要定时替父亲翻身。

这还不是最难的。

植物人也生痰，但自己咳不出来。王希海听到父亲喉咙里有痰了，就用一根胶皮管，一头插在父亲的喉咙里，一头放入自己的嘴里，把痰吸出来，然后再吐出去。王希海的母亲说："这事儿让我也做不了，我都觉得脏，虽然我跟他做了这么多年的夫妻。但是俺儿子王希海做到了，他不嫌脏。"

这是每天都要做的、固定的程序。

但在邻居和亲人朋友的一片赞叹声中，王希海却常常内疚、自责自己的不足。

通常，王希海把父亲抱到轮椅上坐好后，身上盖着被子，头上还要绑一根布条，布条连在轮椅上。因为老人是植物人，头如果不固定的话，就会垂下去，对颈部不好，时间久了，还会危及生命。有一次，王希海把父亲抱到轮椅上，按摩完后，让父亲坐一会儿，可能是因为太累了吧，他在旁边坐着就睡着了，这一睡就是3个小时。等王希海醒来的时候，父亲坐着已经累得快不行了，浑身全是汗，衣服都湿透了。这次意外令王希海感到深深的内疚和自责。他发誓，只要父亲不躺下，自己绝对不能睡觉。

还有一次，父亲发烧连续烧了3天，始终都没找出原因来，王希海急得3天3夜没睡觉。这一天，把父亲扶上床后，他坐着就睡过去了，刚睡着就做了个梦，梦见梯子断了。惊醒后的王希海突然想，是不是老父亲的腿上有了炎症？因为父亲常年穿裤

子，可能忽略了。他仔细检查，果然，父亲腿上的一个隐蔽部位长了瘤并发炎了。找出原因以后，他把父亲背到医院，父亲没几天就好了。他愧疚地说："咳，要是早发现，父亲就不会连续烧好几天了。"

24年，多少酸甜苦辣！可王希海说："每当我累了、困了，回头一看父亲还活着，一切烦恼全都没有了，让父亲好好活着是我最大的心愿。"

老教授流着泪说："你该去医科大学给学生们讲讲护理课"

2004年9月的一天，王希海突然发现父亲身上有块瘀青，他连忙送父亲去医院检查。一位刚从外地请来的老教授接诊后，让王希海给父亲翻翻身，看到他父亲背部皮肤特别光滑有弹性，就顺口问王希海："你父亲得这个病多少年了？"王希海说："24年了。"老教授听了，一句话不说，转身走了。弄得王希海莫明其妙。原来，老教授不相信一个老人瘫痪在床20多年，皮肤还能保持得这么好，他觉得王希海是在撒谎。可没多久，老教授又流着眼泪回来了，怀里还抱着王希海父亲一尺多厚的病历，他说："这么一个植物人的老父亲，20多年了还能保持这么好的身体，这么光滑的皮肤，我从医40年了，从来没见过像你这样伺候老父亲的。你对父亲的照顾无微不至。你父亲有福啊，一个父亲该享受到的，他都有了。你的护理太到家了，你该去医科大学给学生们讲讲护理课。比起你来，他们做的太微不足道了。"

父亲还没有享福。我考虑到这些，就放弃了一切，以父亲为重，我要伺候他老人家

父亲刚成植物人的时候，王希海仅22岁。他内心非常痛苦，父亲还不到60岁，假如死了，他就永远看不到父亲了。当时他只有一个念头：要把父亲留住，一定要让他活下来；他只有一个信念：一定要侍候父亲到80岁。2004年农历四月初七，王希海高高兴兴地为老父亲过了八十大寿。王希海伏在老人家耳边说："爸爸，今天是您八十大寿，儿子祝你生日快乐！"老父亲虽然不能说话，但从表情上就能看出来，老人家高兴！

王希海说，虽然父亲是植物人，不能说话，表情也很木然，但他能读懂父亲的表情，父亲欣慰、高兴他能懂，父亲哪儿不舒服、累了、想躺下或是想起来坐坐，甚至腿麻了，他都能从父亲的表情上读出来。也许，是24年的精心照料和朝夕相处，让他与父亲的心灵有了一种特殊的感应和沟通？

当初，父亲刚成为植物人，恰碰上朋友介绍王希海到马来西亚做服装生意。这对普通人来说是一个很好的选择：假如出去做生意，自己的生活会轻松美好。但王希海想："父亲突然间成了植物人，母亲没有工作，年岁也大了，身体又不好，照顾不了父亲，还有一个残疾的弟弟，自己走了，家里怎么办？父亲还不到60岁，难道就要离开这个世界吗？父亲还没有享福呢。""我考虑

到这些，就决定放弃一切，以父亲为重，我要侍候他老人家。"这是一个简单的承诺，王希海用了24年甚至会用更长的时间来兑现这个承诺。

对于24年的付出，王希海说："虽然我吃了很多苦，但我仍然感到幸福。我放弃一切，就是要让这个家庭存下来。看父亲活着、健在，我感到很自豪、很满足，不管遇到什么麻烦，都无所谓。"有人问王希海："你出国去挣钱，把钱寄到家里来，完全可以请钟点工、请保姆来照顾父亲，你为什么要选择放弃自己的生活？"王希海回答说："人的生命最宝贵。父亲养育了我，把一生交给父亲都不为过，我要守着父亲，好好伺候他。现在，每天看着父亲，给他翻身、按摩，都成了习惯，不过去看看他，就觉得少了点儿什么。"

亲爱的爸爸，我为你做的一切，你虽然不能说，但我知道你的心里很清楚。我无怨无悔

王希海本来是抽烟的，但早已戒掉了，因为，尽管政府有每月将近500元的低保补贴，但全家人的花销还是很紧张。自己的烟可以不抽，但对于父亲的花费，王希海却一点儿都不吝啬。他每天都会给父亲喝两袋奶，牛奶是父亲的主要食物。为了省钱，同时也保证牛奶的质量，他总是到固定的商场去买，每次买10袋。每次去，他都是跑着来回，因为他不允许自己离开父亲超过半小时。为了让父亲喝上好奶，他要在半个小时内跑上二三公里路。

王希海家里有冰箱和洗衣机，这都是邻居和朋友搬家时淘汰掉送给他的，但他还是用手洗衣物，因为洗衣机太费电，能省一点儿是一点。家里有煤气灶，但他在旁边又砌了个锅台，烧木柴，

也是为了省钱。他还经常劝说母亲到批发市场去捡菜叶。他说这主要不是为了省钱，而是为了让母亲活动活动，散散心。母亲在家里，容易上火。

如今47岁的王希海早已过了该成家的年纪，为了照顾父亲，他放弃了许多，包括个人婚姻。在他的生命中最重要的就是父亲，他说："成家？现在暂时还没这个想法，也有不少人给我介绍，我都不看，就是为了父亲。我没有精力去考虑其他，分散精力老父亲就会遭罪，少翻一次身对他都是一种伤害。如果我成了家，肯定会分出一部分精力照顾小家庭；而我不成家，那父亲永远是第一位的。只有这样，我才能一心一意地照顾父亲。我首先要做好的是一个儿子的角色。"面对众多的好心人，他说，父亲百年之后，他才可能考虑成家的问题。

王希海说："亲爱的爸爸，我为你做的一切，你虽然不能说，但我知道你的心里很清楚。我无怨无悔！爸爸，假如还有来世的话，咱爷俩再好好说说话！"或许，王希海的父亲有一天会被儿子的真情打动醒过来；或许，老人家永远都不会醒。但老人家一定能感觉到儿子的付出，就像我们被他感动一样。

附记：

王希海的老父亲于2005年年底平静去世。王希海现在是某企业的门卫。我们真诚地希望王希海生活美满幸福。

感悟与思考 》

　　王希海的父亲在1980年因病成为植物人，从此以后王希海每天都要为父亲洗床单、枕巾，每隔半个小时给父亲翻一次身，给父亲翻身时要按摩一次，夏天每天给父亲擦两遍身，早晚各一次。在将近25年9000多个日日夜夜里，每天都坚持同样的事情，这样的行为并不仅仅是一个"孝"字可以阐释清楚的。

　　随着社会的发展，孝的思想好像渐渐离人们远去，各种不孝的行为似乎越来越多。剥削父母、不养父母、虐待父母甚至残害父母的事已不是天方夜谭。因此，进行孝道伦理教育是继承中华民族优良道德传统的需要，是现代精神文明建设的内容之一。它可以使家庭和睦，促进社会和谐安定；它可以陶冶人性，有助于人的自我完善。要以孝德为起点，培养个人的善良品质，培养人们普世的人文关怀，培养人们敬畏生命、善待生命的生命观。

　　孝，作为中华民族悠久的历史和文化传统，是道德价值的基本点。一个对父母都不能尽孝的人，会怎样对待朋友，怎样对待社会呢？

乞丐王子

他是个多重身份的人。一会儿是《刁蛮公主》中豪气万丈的剑客少侠，一会儿又是《风流少年唐伯虎》中风流倜傥的俊秀小生；他忽而是运筹帷幄的企业家，忽而是潮流尖端的时尚人士。

他就是影视界名声渐起的青年演员田重。

然而，也许你不知道，生活中，他还曾是《乞丐王子》中国版的主角。

阔绰少爷考上大学

  田重的父母是当年支边到新疆的。在改革开放的大好形势下，经过多年的拼搏，20世纪80年代后期，田家已经成为乌鲁木齐的首富。还在田重上初中时，父母亲因为精于经营管理，贷款建立了宾馆、歌舞厅，添置了私家车和运输货车，紧接着又成立了房地产经贸公司，承揽了油田的工程和后勤采购，同时从事保健品"天安851"的研发、生产，并先后在北京、西安开办分公司，还投资兴建飞机库，通过招商引资，兴建了西北五省最大的小商品批发市场。那时，乌鲁木齐市的城市建设还比较差，最高的楼只有八层，而且只有一座，在闹市区，公交车的站名就叫八层楼。而田重家，就新建了一个以八层高的楼为中心的大庄园，庄园内还有若干别墅楼，一大片草地，许多辆小车和大车。

  作为家中唯一的男孩，田重自小就养成了花钱大手大脚的习惯。他经常召集一帮哥们儿，到高档的饭店，什么好吃吃什么，走时就签上自己的名字。结账时，父亲看到儿子的一串签名，也只是叹一口气，就默认了。父亲并不把这事告诉妻子，因为妻子对儿子比较严厉。

  田重拼命花钱，为的是引起父母的注意，希望父母别光顾赚钱，不管他，哪怕是狠狠教训他一顿，也比整天不管不问要好得多。

  事与愿违，家中生意越做越大，父母对他的管束越来越少。初三没念完，田重就死活不肯去上学了，他交女朋友，到卡拉OK唱歌，终日吃喝玩乐。父亲只好把他送进全市最好的职高学习酒店管理，指望日后能派上用场。

  到了职高后，田重开始明白没有钱意味着什么，穷人又是个什么概念，他看到从贫困家庭来的同学吃饭时连菜都舍不得买，看到他们为了改变命运而努力拼搏，也从同学那儿听到，穷

人家的父母为了让孩子读到最好的学校，没日没夜地挣钱。他终于明白父亲为什么把他送到这里来学习，父母是希望自己成才啊。

他开窍了，因为明白了上大学对前途十分重要而加倍用功。

通过一番扎扎实实的努力，他真的考上了大学。父母非常高兴，特地给他办了个Party。

自作主张，
从成都转到北京读大学

田重在四川师范大学上学期间，每月都能收到父母打到账户上的3000元生活费。3000元，在消费水平比较低的成都，几乎是想怎么花就怎么花。但这样无忧无虑的生活却让田重觉得了然无趣。他喜欢唱歌、喜欢表演，而这些在这个学校他学不到，这样上学跟白白浪费时间有什么区别呢？

于是正在读大一的田重坚决地退了学，奔赴北京报考向往已久的中央戏剧学院（以下简称中戏）。他要实现自己的梦想。

站在中戏的门口仰望，校牌的大字赫然在目，这就是他向往的地方！他的梦想马上就可以实现了，他迫不及待地踏进了校园。

翠绿的白杨树被微风吹过，激动地跳跃着，喧哗着。这里的树好绿，这里的湖好清澈，这里的教学楼好亲切。这里比家里森严的别墅美多了。这里马上就要属于他了。

他顺利地通过了第一关，面试官对田重富有滑稽性的表演赞不绝口。田重离他的梦越来越近了。他激动得彻夜未眠，期待着第二天的体检面试。

真是晴天霹雳，他的身高比中戏的要求差了一厘米。仅仅因为这一点，他失败了，他被中戏无情地拒之门外。

暑假他没有回家，闪亮的霓虹灯旋转着，汽车从他的身旁飞驰而过，这座不属于他的城市是那样的陌生，难道就这样回乌鲁木齐吗？想要实现梦想真的就那么难吗？

他不甘心，他喜欢表演，此地不留人自有留人处！

通过努力，他考进了中央文化管理干部学院表演专业。

家道没落，
他一夜之间长大了

这年9月开学，田重发现家里打来的生活费从3000元变成了2000元，接下来的一个月，又变成了1000元。他很气愤，明知道北京花钱多，而他现在还不能挣钱，父母怎么越来越小气了？忍无可忍的他给远在新疆的母亲闫华打电话，告诉母亲自己已经到了北京，考上了另一所大学。电话里，他责怪母亲为什么这几个月打到他账户上的生活费越来越少。闫华话语里却透出欲言又止的无奈。她最后哽咽着劝儿子保重身体，经济上紧着点儿用。

田重生气地挂断了母亲的电话！

田重一肚子的不理解，不知道为何母亲要这么说？然而接下来的事情更让田重始料未及！

母亲和姐姐先后打来电话，先是吞吞吐吐地说了些别的，然后叫他回家一趟，具体是什么事却不肯明说。相继到来的两个电话，开始令他心神不定。他心存疑虑地回到了乌鲁木齐。

情况比他想象的要糟一万倍！

　　父亲躺在医院病床上，已经是肝癌的中晚期了，原来很胖大的人，现在已经骨瘦如柴。原来，父亲久已得病，到全国各地寻医求药，都没有办法。最后，一个好心的大夫对他说："哎哟，你都病入膏肓了，还坐着飞机飞来飞去地折腾，哪能受得了啊。赶快回去吧，想吃什么吃什么，能享受一天是一天。"田重看到父亲时，父亲已经完全没有了自理能力。田重忍着悲伤，在父亲的病床前连续守候了十多天。有一天，父亲突然特别有精神，他让田重扶着坐起来，说："哎，儿子，我想吃块西瓜。"说话的语气与平时大不一样。田重没多想，赶紧去买。还真叫他买着了。父亲就一小口一小口地吃，那么凉的西瓜，父亲似乎不觉得凉。吃完，父亲对他说："你今儿不用守了，回家去吧，让你妈留在这屋里就行了，你先回去吧。"

　　这一晚，田重睡了一个好觉。第二天一大早，田重醒来，发现窗外下起了雪。纷纷扬扬的鹅毛大雪使乌鲁木齐一片朦胧。就在这时，田重接到妈妈打来的电话，妈妈哽咽着说："你爸爸不在了。"田重愣了一下，飞奔到医院，看到安静地睡在病床上的父亲，还没有盖上那块白布。他站那儿就傻了，完全没有知觉了，就站在那儿呆呆地看着。怎么可能呢？昨天还在一起，昨天还吃了我给他买来的西瓜……别人忙什么，他完全插不上手。傻傻地跟着人们回到家，直到众人把父亲的遗体在灵堂安顿好，这才回过神来，放声大哭。

　　实际上，家里的事情，并不仅仅是父亲的病重和去世。由于一腔热情投资于开发大西北的建设，田家贷款极多，而项目建设中，又被三角债等所困扰，特别是，1997年5月的一天深夜，因为电线线路故障，作为田家主体产业的华来宾馆突发大火，万贯家财在瞬间化成了灰烬。这个沉重的打击摧

垮了父亲田大友。他病卧在床。紧接着又被查出患了肝硬化。北京、西安等地的分公司因无人打理，濒临破产。银行上门催还贷款，投资合作人纷纷上门讨债。积劳成疾，父亲病入膏肓。父亲一病，许多事情陷于停顿，该实现的利润没有实现，许多欠账没要回来，而欠人家的，对方却急着来讨。田家偌大的家业，一下子就土崩瓦解了。先是拿地抵债，再后来是拿厂房、汽车抵债，最后，连那个大庄园也全抵进去了。田重的家，竟然到了上无片瓦的境地！如果不是亲戚收留，田重的妈妈真的就要露宿街头了。

父亲去世后，田重先是傻了，接着是哭，哭得一塌糊涂，可第二天看到妈妈，他惊呆了，一夜之间，妈妈竟然白了头！

葬礼上，田重手捧父亲的悼词，痛不欲生。办完丧事，当着众人的面，田重给奶奶磕了三个响头，说："奶奶，你保重，我上学去了。"

出门时，满腹悲凉的田重一步一回头："妈妈，爸走了，家没了，可你还有我和姐姐。你放心，我会照顾你和姐姐的，我会很快回来接你的。"

乞丐王子（续）

　　父亲去世时，田重十八九岁。回到学校，还似在梦中未醒。他把黑袖纱戴在衣袖上，再套上外套，同学们都不知道他的不幸。这天，同学们约田重到外面吃饭，为一个同学庆贺生日。田重本不想去，但盛情难却。酒过三巡，大家纷纷脱外套，田重也脱了，同学这才看见他戴着孝，吃了一惊，问他是爷爷还是奶奶不在了？田重说是父亲。同学们都安慰他，他突然绷不住了，几个月来在同学面前一直装得大大咧咧的他一下子垮

了，哭得涕泪俱下，最后是被同学们抬回宿舍的。

连饭都吃不上的时候，他还在想，什么时候能在北京给妈妈买上一套房子。

躺在自己的小床上，田重想："对呀，我的生活来源已经没有了，下个月的生活费从哪儿出？我得自己养活自己呀。"

参照一些同学的做法，除了在网上发了许多求职的帖子，他还决定到饭店去打工。根据报上的豆腐块大的一个招工广告，田重来到一个很普通的饭店。但这里居然也有很多人在排队面试。老板那单调而高傲的口气令田重很不舒服。"我们这儿底薪五百，能不能赚到一些小费就看你们自己了。好，下一个。"这"下一个"就是田重。听着对方的呵斥，田重突然想起了自己曾经带着一帮哥们儿到饭店吃饭签单的事。那时是多么风光！现在又是多么落魄！巨大的反差使他无法接受。尽管他口袋里已经快没钱了，也许明天就没有饭吃，他还是接受不了。不是说瞧不起其他来打工的，也不是瞧不起招工的，而是瞧不起自己。一个堂堂的大学生，昔日一掷千金的阔少，竟然沦落到听人呵斥、仰人鼻息的地步。真的就只有这一条路吗？

"哎，姓名！"

"问你呢！傻了吗？"

田重与招工登记的人对视着，对视着。最后，他收回眼神，没有回答便一声不响地离开了饭店。

那时，他租住在一间很小很小的地下室里，下雨后地面返潮，他就趟着水，来到属于自己的房间。而就在这期间，无论是给妈妈写信还是打电话，他都是用乐呵呵的口吻说："这边一切都非常好，妈就放心吧。"但他的心如针扎。自己一日三餐尚且不能自保，更不能给妈妈寄点钱。他想："自己是儿子呀，父亲不在了，就得承担起给妈妈养老的责任。什么时候自己才能在北京买一套房子，把妈妈接过来安度晚年？"

绝处逢生，一个偶然的
机会改变了他的命运

　　凭着自己对艺术的爱好，他组织同学办了一个乐队兼歌舞队，到歌舞厅表演节目，聊以糊口。有时，他还客串做主持人，时不时地也有进项。就这样过着饥一顿饱一顿的日子。

　　突然有一天，不知是他投的哪条简历起了作用，他接到一个中介公司的电话，让他去拍一条广告，报酬是500元。他很高兴地去了。见面后，中介人对他说："这500块钱不是你一个人的，我得抽200，给你300。"而这时，他身上一共就剩了8块钱。8块钱，在北京甚至买不到一份盒饭！300就300吧，总比没有强多了。他痛快地答应了。坐着公交车赶到拍摄现场。这是田重拍的第一条广告，就一个镜头。导演是女的，电影学院的，对他说："你拿个牌子，看这个机器胶片，冲镜头乐一下，就OK了。"田重就按导演说的，冲镜头一看、一乐，一次就过了。导演说："哟，这小孩感觉很好啊。"田重也不懂什么叫感觉很好，只是觉得笑了一下就挣了300元钱，太值了。手中有钱，马上就不一样了，他打的回到住处，美美地吃了一顿。

　　说来也巧，第二天田重到北京电影制片厂去看一个老朋友，无意中碰到一位女士。女士一下子认出了他，说："哎，这不是田重吗？"人家连他的名字都记得，而他，不但连人家姓什么都不知道，而且完全没有印象。他只好实话实说："哎呀，不好意思，我怎么不认识您呀？"女士笑着说："昨天你刚给我拍了广告。"田重这才如梦初醒，赶紧说："导演，你好！"

　　导演说："昨天我对你感觉非常好，我们还要拍一条片子，你能不能来帮我们拍摄一下？"田重想，什么帮忙啊，你能让我去就不错了。就说："好，没问题！"本以为说过就说过了。没想到过了两天，女导演真的打来电话，请他过去拍。田重过去后，

女导演让制片人跟他谈好酬劳。田重想，前几天确实只是笑了一下，就 500 元，今天要多要一些。但是要多少呢？1500？如果要多了，人家嫌多，不用我了怎么办呢？不敢说，就只客气着，让制片人说。制片人说："这样吧田重，包括来回车费，一共给你 5500 块钱，怎么样？"田重一下子乐傻了，但还是不动声色地说："行呀，以后你有片子，记得多找我。"两个人握手成交，皆大欢喜。

妈妈，你唯一的任务就是好好享受生活

俗话说，一步顺，步步顺。田重从拍广告开始，有了自立能力，又通过拍广告走上演艺之路，成功之路。有了钱，田重首先想到的是妈妈。他在乌鲁木齐给妈妈买了一套 100 多平方米的房子，让妈妈不再寄人篱下，同时，也在北京买了房子，把妈妈接过来住。妈妈愿意住北京或住乌鲁木齐，都可以。在北京，田重处处依着妈妈，让妈妈快乐。他还常常带着妈妈拍片，并在拍片的间隙照顾妈妈的生活起居。妈妈回乌鲁木齐后，田重则每天都给妈妈打电话，长则两个小时，短则半小时，平均每天通话一小时以上。田重觉得，妈妈这一辈子太不容易了，与父亲一起创业，成功时一直在操劳，未能享受；失败后更是独力支撑这个家，还要背负三角债等困扰。要债的，大都不是什么"正人君子"，甚至不乏地痞、无赖。来者不善，不给钱就围攻她，威胁她。田重从姐姐和亲戚那儿听到这一切，心都快碎了。现在他终于有能力孝敬妈妈了，他与姐姐商量说："现在，咱们就是要让妈妈什么都不要想、什么都不用做，唯一的任务就是享福、享福，想干什么就干什么，想去哪儿玩就去哪儿玩，想买什么就买什么。"他是这样说的，也是这样做的。北京演艺界的朋友们对于田重的做法都很敬佩。在拍某场戏时，有个演员曾对田

重有些误会，造成隔阂。一天，田重戏不多，就牵了匹马，让妈妈骑上去，他牵着马，让妈妈遛弯儿玩儿。这个演员看到田重如此侍奉母亲，觉得田重是个大孝子，对他的看法一下子就改变了。他主动与田重打招呼，两人从此成了朋友。许多演员感叹地说，男孩子么，特别是演艺界的，都喜欢自己住，没几个把父母接到身边的。田重确实很孝顺。

在片场，还发生了许多趣事。有一次，是拍《至尊红颜》时，田重招呼妈妈与几个演员合影。妈妈就站在儿子身边，与大家合影。后来妈妈回到乌鲁木齐，邻居朋友们来玩，她拿出照片让大家看儿子拍戏，朋友惊讶地说："哎呀！这不是赵文卓吗？嗨！还有贾静雯！都是大明星啊！你儿子了不得呀，与她们一块演戏呀？"妈妈只是愣愣地，因为此前忙于做生意，她完全没看过电视剧，也不认识这些明星演员。她只认识自己的儿子。听朋友们这一说，妈妈就把这张照片很珍重地收藏了起来。

崇拜父亲和母亲

田重说，他崇拜母亲，也崇拜父亲。在田重眼里，父亲一直是个成功者。在改革开放之初，父亲能把事业做得那么大，本身就是一种成功。父亲的失败有多种因素，身体的，外界的，

主要的不是能力和决策上的。如果说，对父亲的崇拜是来自于事业，那么，对母亲的崇拜就是因为母亲的朴实、母亲的真情。

记者采访田重时，田重向记者出示了妈妈刚刚写给他的信：

嘎嘎（田重的小名）：

今天是你的生日，妈妈却收到了你从北京寄来的礼物。你说生日是母亲的受难日，理应由儿子奉上一颗感恩的心才对。九年来，自你爸去世后的这些个日子，家里的一切，还有我，真的辛苦你了。你从一个无忧的少年，成长为一位稳重懂事的男人，妈妈一面心酸一面又深感欣慰。或者那些波折罹难的经历给了你戏剧之外的另一部人生大戏，即使所有的体验终归属于你自己，但是，也要回赠于那些关注并热爱你的观众啊。妈妈始终相信你，在生日的又一个新的起点，努力！加油！

你寄来的大衣，正巧是在落雪天收到的。妈妈很温暖，心里面更温暖。保重身体，少抽烟，最好戒烟。

母亲

记者在轻声读这封信时，田重的眼睛湿润了。他说，每次电话和来信，妈妈都告诫他一定要少抽烟。妈妈还把报纸上有关吸烟有害健康之类的文章剪下来，寄给身在北京的儿子。

感悟与思考 》

　　有记者问及比尔·盖茨世界上最不能等的事是什么，他的回答既不是时间，也不是机会，而是"孝"。看来，孝作为一种文化，并不是中国专有的。特别值得关注的是，一些世界大商，往往同时也是大儒，他们多是品德高尚的典范，被人们尊称为儒商。而这个"儒"的背后，就是文化、人格的支撑，懂得孝且奉行孝应该是其重要内涵之一。

　　我们不能忘记孔子的告诫："今之孝者，是谓能养。至于犬马，皆能有养；不敬，何以别乎？"孝，并非仅仅是对父母的赡养与敬爱，同时也是对自己德性的浸润，对自己智能的修养，对社会的责任担当。我国以孝为本的教育力量，可以感化冥顽、减少罪恶，更可以和睦家庭、和谐社会。

　　田重是个能担当的人，在生活中能上能下、能屈能伸，他曾经有过洋盗放纵的时候，但是面对家庭变故翻然悔悟，依靠自己的努力，成为支撑家庭的脊梁。当我们反复咀嚼着"富养女儿穷养儿"的俗语时，是否更应该思考穷也罢、富也罢，无论身处什么地位与环境，我们应该引导孩子树立怎样的人生观？形成怎样的品格和意志呢？

铭记
亲情

　　《雪城》《年轮》《今夜有暴风雪》《这是一片神奇的土地》……这些耳熟能详的作品都出自著名作家梁晓声之手。梁晓声还有一个荣誉称谓是"亲情作家"，他写的《父亲》《母亲》等作品读来感人至深，这里面，倾注着他的真情，他对父母深深的爱。

北方，有这样一种树……

"在北方有一种树，名字我叫不上来，这种树的叶子与其他树的叶子一样，也枯萎，也干黄，但秋天不落叶，冬天也不落叶，不论天多么冷、风多么大。直到春天，新叶长出来了，绿绿的一片，老叶才落下。所以，这种树底下都是在春暖后才一地的落叶。叶子之所以不落，就是为了庇护新叶抵抗料峭的春寒，那地方春天还是非常冷的。我们的父母亲，就如同这种树的叶子……"梁晓声就是以这样的开头，倾诉他对于父母亲的理解和爱戴。

关于梁晓声，我们完全可以不作任何的介绍，因为你即使不看小说，单凭电视连续剧《今夜有暴风雪》、《年轮》、《雪城》等也就记住了他的大名。令人想不到的是，名气如此之大的他却完全没有一点儿架子。毛衣和裤子都普通得不能再普通，而言谈举止更是平易近人，甚至还有几分拘谨。消瘦的脸庞上那一双智慧的眸子，闪烁着的是询问、探求和商量。记者甚至止不住产生错觉：眼前好像不是一位大作家，而是一位学生，这位学生在小心翼翼地斟酌着，生怕说错了什么。

当然，一经进入关于父母亲的话题，记者就完全被他的深情和深邃迷住了，被他的每一句话感动着。

唯一的一张全家福照片

梁晓声拿着的这张照片没有一点儿特别之处，就是一张全家福。可是他说，这是他们家所能找到的、也是记忆中唯一的一张全家福照片。

为什么呢？

不是人凑不全。尽管父亲远在大西南，但毕竟每年都回家探

亲，也就是说，至少每年都有机会照全家福。事实上父亲每年回家也都带着孩子们去照相。可是母亲不去。母亲不是不愿意去，是因为没有一件哪怕是稍微像样一点儿的衣服！

母亲一生没有穿过一件新衣服，成为梁晓声心中永远的痛！

与共和国同龄的梁晓声出生在黑龙江省哈尔滨市道里区的一个普通工人家庭。父亲是建筑工人。梁晓声八九岁时，父亲随建筑公司去了四川。母亲、晓声、哥哥、弟弟和妹妹一大家子就靠父亲每月寄回的三四十元钱度日熬年。那时家里住房面积十分狭小，一间小屋夏天潮湿冬天寒冷，破炕上每晚挤着大小6口人。每天晚上，梁晓声的母亲在炕上给孩子们讲故事。母亲会讲很多动人的民间故事，会唱京剧，会哼唱地方小曲。母亲编的故事和唱的小曲是孩子们贫苦童年生活中最温馨的记忆，母亲给了梁晓声最初的文学启蒙。

吞食肥皂，偷豆饼

与这些一起刻在梁晓声儿时记忆中的，还有一个"穷"字，一个"饿"字。

三年自然灾害期间，作为城里人，梁晓声饿得逃学到野地里摘草籽吃。那时候风气好，上学或放学的路上，遇上拉平板车的上坡过桥，学生们都主动地帮着推一把。有一次，在帮忙把一辆车推上坡后，拉车的把一点碎的东西给了梁晓声。梁晓声顾不得细看就填进嘴并咽了下去，连什么滋味也没品出来。拉平板车的吓坏了，因为车上装的是肥皂，他给孩子的是碎的肥皂！

梁晓声还以为是点心呢。

他清楚地记得班里最富有的同学是区长家的孩子，他曾吃过一种包子，把大家馋得不行。那包子是玉米面的皮，豆饼的馅！

有一天放学的路上，梁晓声看到路边有一个赶大车的枕着一角豆饼睡着了。他立刻被这块豆饼勾住了魂，怎么也迈不开步了。几乎是凭着直觉、完全是无意识地，他轻轻抽出这块豆饼就往家跑，回家就藏进了木箱里。那个车老板随后就追进了屋，向梁晓声的母亲诉说、讨要，说他赶车进城送菜一天才得这么点豆饼，是全家人的口粮，求母亲还给他。母亲不相信儿子会干出这种事，但在母亲询问的目光下，梁晓声已经把豆饼拿出来交还给了车老板。母亲什么也没说，而是一边喊住千恩万谢后急匆匆往外走的车老板，一边把家中仅剩的几个窝头和十几个土豆一股脑儿拿出来，追上去，都送给了他。车老板愣了，特别是看到窝头时，两眼都发了直。他说他已经好多天没有看到粮食了。此后，车老板每一次进城都把车上剩下的菜叶收集起来给梁家送去。两家成了朋友，一直交往了好几年。

母亲说：
让父母蒙羞是最大的不孝

母亲回屋，并没有训斥晓声，只是沉着脸不搭理他。吃晚饭时，母亲才对梁晓声和哥哥一齐进行教育。母亲说，你们是父母的儿女，父母以后不能给你们什么财产，也没想到你们能成为什么人给父母争光，咱们前街后巷都是普普通通的工人，谁家也没有大富大贵。你们不能让抚养你们长大的人因为你们的过错让人讥笑。如果你们做不到这一点，就是最大的不孝。

没有多少文化，讲不出深刻的道理，但母亲的这番话却使

梁晓声刻骨铭心。他说，无论什么国家、民族，一代又一代父母，不只是亲情的话题，也是历史和人文的话题。父母的教育本身就是人文的教育。了解了父母的人生就是了解了国家发展的进程。因此，多少年以后，他的一个朋友当上副市长时，梁晓声给他写信说："我们都是劳动人民的儿子，不论做什么，也不论父母在与不在，都不能让父母因为我们做的事情而蒙受羞辱。"

在他看来，这就是最掏心的诤言了。

向母亲要钱买书

梁晓声从小喜欢看书。母亲也就有意地照顾他。有时叫他去买粮、买煤、买柴什么的，每次剩下个三分二分的，母亲就叫他自己留着花。可别小看这几分钱，当时，买五分钱的咸菜丝，就够全家人吃两顿。街上卖冰棍儿的，卖一支才挣三四厘钱，一个月才能挣到八九元钱。工人的工资一个月也就是二三十元。

上中学时，梁晓声发现书店里有梁斌的《播火记》。梁晓声看过《红旗谱》，非常喜欢，因此非常渴望能买到《播火记》。为此，他鼓起勇气第一次来到母亲工作的地方。那是一个小小的缝纫厂。以前他只知道地方，从没来过。车间是个半地下室的工棚，女工们在加工棉鞋。由于光线昏暗，白天开着灯，大灯泡就吊在女工们的头上。当时是夏天，女工们都穿着男人们穿的那种大背心，戴着大口罩，口罩的中心，都有一个明显的潮湿的黑渍印，而头发上、眉毛上、身上到处是红色的棉絮。乍看上去，就像是一群猩猩。梁晓声认不出哪一个是自己的母亲，由于惊讶和难过一时也说不出话来。是邻居的大婶认出他并替他把母亲喊过来。母亲听罢他的理由后，费力地掏出钱数给他，那都是一毛两毛的零钱。有位女工说："你们也太惯孩子了，还让他买什么书！"母亲说：

"哎，这孩子就只有这一个爱好。再说，读书也不是什么坏事。"

钱是拿到手了，但梁晓声却没有买书，而是买了罐头拿回家给母亲吃。他觉得母亲太辛苦了。母亲没有感动，反而批评了他，嫌他没买书。

后来，当梁晓声终于可以用自己的钱给母亲买点儿什么的时候，他来到市场，为母亲买了30元钱的点心、水果和罐头。可直到梁晓声离开，母亲都没舍得打开那些罐头。梁晓声走后，母亲仍然舍不得吃，而是把罐头摆在案头，每天擦拭得干干净净。是骄傲？是思念儿子？是向邻居炫耀？那就只有母亲自己知道了。

你们长大了，
遇到这样的事，也要这样做

母亲的教育是朴实的，是充满着良知的。"文革"动乱时期，针对社会上批斗成风打人成风污辱人成风的现象，母亲不止一次地叮嘱孩子们不要做坏事，不要欺负人，说街上那些做坏事的，是要遭天谴的！在母亲的教育下，"文革"中梁家的孩子从未参加过整人和武斗。

还是在三年自然灾害时期，那时有一个政策，家中男孩多的每月可以多买几斤粗粮。尽管如此，粮食还是不够吃的。月底的一天，母亲把所有的面袋子都拿出来，抖是什么也抖不出来了，得用刀刮，刮下一些不知是什么的东西，做了半锅疙瘩汤。刚要开饭，来了一个讨饭的，是老人，胡子挺长，穿得也很破很脏。看到锅里的东西，非常馋。母亲看他可怜，就请他一块儿吃饭。孩子们尽

管非常不愿意，却也不敢反对。但是，这顿饭却引出了另一个意想不到的结果：有邻居发现了这事，就向居委会汇报说，梁家的粮食吃不了，还给要饭的吃呢，所以根本就不该给他们家补贴。

于是，梁家的这几斤补贴就此取消了。

在当时，这几斤粮食是非常重要的。母亲知道此事后也非常难过。但是母亲从来没有后悔让那个讨饭的喝那两碗疙瘩汤，反而对孩子们说："你们长大了，遇到这样的事，也要这样做。"

相比之下，父亲的血性
对他影响更大些

说到父亲，梁晓声的感情是复杂的。父亲常年在外，直到他32岁进入北京电影制片厂，与父亲在一起的日子加起来也不满一年。父子相处的时间少，但他却因此而更深地感受到父亲的人格，父亲对他的影响更大。

父亲祖籍山东。15岁闯关东。起因是他为人家放牲口，某一天不知怎的丢了一头。他不敢回去见东家，就跟人结伙下了东北。当时没有火车，闯关东的人就只能长途跋涉，一路打工乞讨。而面对遥远的路途和千难万险，必须一伙人抱成团才能到达东北。而使这伙人不散的就是义气。山东人讲义气，这种传统直到在东北各自安家后还被牢牢地保留着。

父亲是一个血性男人，还会一点儿武功。早在东北被占领时期，就曾因为打抱不平而与日本宪兵打架，两次被抓进宪兵队。父亲是新中国第一代建筑工人，常年在四川，只过年才回家一次。而每次回家，母亲的第一件事，就是给他一个欠账的单子，让他一一还账。对此，父亲很不满意，他责备母亲说："我在外面省吃节用，连菜都舍不得买，一块豆腐乳吃好几顿，把钱寄给你们，

你却还借钱、借钱，弄得我回家还完账所剩无几！"母亲不说话，默默地承受着一切。梁晓声和哥哥看不下去了，找出自己的本子给父亲看。所有的本子都是用捡来的包装纸裁了自己订的，而且是正反两面都写得满满的。有一次，梁晓声的作文得了奖，要在全校展览，因为买不起本子，他只好用自制的作文本抄了交上。父亲看到这些，也沉默了。

三年自然灾害的最后一年，父亲从四川回家，感慨不已地对母亲说："唉，我还以为孩子们都饿死了呢，还好，都在。看来你还是有功的！"在梁晓声的记忆中，这是父亲对母亲唯一一次也是最大的一次赞赏。

在北大荒兵团时，梁晓声获得了被推荐上大学的机会，而且是最后一次通过推荐上大学的机会。有好心的战友建议他，竞争这么激烈，领导对你的看法又不是太好，你还是对领导意思意思，免得领导从中作梗。经过激烈的思想斗争，他决定听从战友的劝说。因为没有钱，就只好拍电报向父亲要。父亲很快就给他寄来200元钱。接到钱，梁晓声想到了邻居的话"老梁不容易，养活一家7口，一块臭豆腐吃3天，从不舍得炒菜"，心中很不是滋味。为了自己的前途，他还是送了，但回来后他难过得大哭一场，哭自己，也哭父亲，觉得自己的行为不但污辱了领导、污辱了自己，也给父亲的人格泼了脏水。他决心改正错误，宁可因此而上不了大学。第二天一早他又跑到领导家中，幸好，领导还没打开那个包，梁晓声找了个借口，顺利取回，总算没酿成错误。幸运的是，他最终也还是上了大学。

梁晓声与父亲之间还有过一次争执，那是在他大学毕业参加工作后。当时，三弟要结婚，梁晓声从北京回家，发现父亲给三弟预备的新房竟然是一间极为简陋的棚子。他实在看不下去，就

向父亲发火，说："你不是攒了3000块钱吗，为什么不能拿出来给弟弟盖间像样的房子？"发完火，他赌气要回北京。妈妈赶来送行，对他说："你父亲哪里曾攒下3000元钱？说你父亲有3000元钱是我为了不让你往家寄钱而编出来的假话。你也老大不小的了，该自己攒下点钱成个家了。"梁晓声这才知道错怪了父亲，又悔又难过，禁不住哭了。

1979年，父亲坐了5天5夜的火车到北京看梁晓声，还带了100多斤东西（主要是大米，还有从工地捡的鞋子和手套），梁晓声和哥哥打的到车站去接，两个人跑到卧铺车厢等啊等啊，直到人都走完了还不见父亲。原来父亲坐的是硬座。父亲见他们居然打的来接，而且到卧铺车厢去等，非常生气，说："你们想什么呢？工人能坐得起卧铺吗？还打的，摆什么谱儿？"原来，父亲享受探亲假，可以半价买票。他哪里舍得乘坐卧铺！

梁晓声在北京电影制片厂时住的是筒子楼，楼已经很旧了，房间只有14平方米，大家都在走廊里做饭。父亲看后却说："儿子，你真有福气，刚毕业就分到了房子，还是木地板地！"父亲干了一辈子建筑，却没分到一平方米的房子。

爱父母吧，
这不仅是亲情……

梁晓声孝敬父母在文学界是有口皆碑的。梁晓声30岁时从复旦大学毕业，选择了到北方工作，为的是照顾家。他当时每月只有49元工资，寄给老父老母20元，剩下的钱也只够维持一个单身汉的最低生活水平。父母看着快30岁的儿子，也一而再、再而三地写信叮嘱他以后少往家寄钱，为自己结婚存点积蓄。但晓声每月照寄不误，尽管他自己工作一年了，却连一块手表也舍不得买。为了使母亲能生活得更方便更自在些，他几番回哈尔滨，向出版社预支

稿费，买了妹妹楼下的一间住房让母亲居住。他还为老母亲买轮椅、买担架、买氧气瓶。这一切细心的打算，都是生怕老母亲一旦生起病来，不能及时入院得到救治。母亲的房子布置好了，可是母亲却一病不起。在老母亲弥留之际，梁晓声附耳对母亲说："妈，您老什么都别牵挂，一切有我呢……"

他对于父母亲没能过上幸福的晚年生活而心里不安。他说，为了这个家，父亲67岁才不挣钱了。两位老人都没有享受到好日子，我们做子女的欠他们太多了。

对于孝顺的"孝"字，梁晓声有这样一个解释："老"字很像一个老人半跪着。人老了就不再威严了，成为弱势群体了。"孝"字则是子女把老人撑起来。有孝顺的子女，老人就又站起来了。

梁晓声的平民情结在文学界也是有口皆碑的。他说："为什么要尊重底层人？底层人除了在潜移默化中培养儿女的好品质之外，什么也没有。底层人更注重人品。人品不用投资，只要做就行了。"

梁晓生从人性的高度、从人文的高度、从国民素质的高度来看待对待父母的态度。他认为，人文不一定在书本里、在课堂上，也许就是母亲做过的一件事影响我们的一生，这就是最朴素的人文理念。他说："爱父亲、爱母亲——这不只是亲情，也是自我的人性教育：所谓'人文'盖始于此！"

作为教师，他要求学生和孩子们少写初恋，少写单相思，少写郁闷，少写大学时尚，要多想一想父母。他说，如果对父母都不留心，更不可能关注别人。他建议文学爱好者都从父母写起。他说，从父母亲那儿，我们可以采集到最温馨感人的文学的营养。

感悟与思考 »

前苏联文豪高尔基曾说："随着时间的流逝，许多往事已经淡化了。可在历史的长河中，有一颗星星永远闪亮，那便是亲情。时间可以让人丢失一切，可是亲情是割舍不去的。即使有一天，亲人离去，但他们的爱却永远留在子女灵魂的最深处。"在访谈中，著名剧作家、小说家梁晓声把父亲、母亲比做一种叫不上名字来的叶子，体现着对浓浓的亲情的铭记。

关于母亲的记忆，总是那么温馨：因为节俭，母亲不舍得买新衣服，所以迄今只有唯一的一张全家福照片；与此形成鲜明对比的是，在"文化大革命"的艰辛年代，母亲却从来没有后悔让那个讨饭的人喝那两碗疙瘩汤，并要求他们以后也这么做；当少不更事的晓声偷了人家的豆饼，母亲说，让父母蒙羞是最大的不孝，这是母亲的气节。母亲的教育是朴实的，是充满着良知的；而父亲的血性对梁晓声的成长产生了更重要的影响，父亲的深沉和坚忍激励着他不断努力追求幸福。

梁晓声这样解释这个"孝"字："老"字很像一个老人半跪着。人老了就不再威严了，成为弱势群体了。"孝"字则是子女把老人撑起来。有孝顺的子女，老人就又站起来了。梁晓声对"孝"字的解释给我们以深刻的启示，我们该以怎样的行动来诠释这个"孝"字呢？

婚礼上，儿子送给老爸老妈 99朵玫瑰花

"幸福的家庭都是相同的，不幸的家庭各有各的不幸。"也许，那些生活在单亲家庭中的孩子会觉得自己不太幸福吧？

是的，哪个孩子不希望有一个完整的家？在单亲家庭中生活的孩子，是少了一份爱，还是有可能得到更多的爱？也许，这既与父母亲的人生态度密切相关，也与孩子的人生态度密不可分。

体操王子、奥运冠军邢傲伟（上图左一）与母亲的故事，就能给我们以有益的启示。

单亲家庭不孤单，
坚强母亲是温暖的港湾

1982 年，邢傲伟出生于山东烟台。4 岁的时候，他走上了体操之路。他非常喜欢这项运动，每天 4 点钟起床，由妈妈护送到体操馆。

然而，就在他开始自己最美好的童年生活时，父母亲的婚姻却发生了危机。小小年纪的他，似乎预感到了大人之间即将发生的变故，竟然说出了让妈妈张玉萍至今也无法忘记的话。那天，在妈妈送他去体操馆的路上，他突然仰起脸，一本正经地说："妈妈，我一天就吃一个面包，你要我吧。"张玉萍先是惊讶地望着儿子，待到明白了儿子的意思，禁不住热泪盈眶。她把儿子紧紧地搂在怀里，郑重地点了点头。

不久，张玉萍和丈夫平静地离婚了。张玉萍什么都不要，只要儿子。让儿子做自己喜欢的事，成为一名出色的体操运动员，成了妈妈唯一的心灵寄托。

有句话说：做人难，做女人更难，做单身女人最难。张玉萍是烟台航道局的话务员，家离单位有 30 里路远，每次到单位去装灌液化气罐对于羸弱的她来说，都是很大的困难。那时工资普遍不高，她每月才 38 元。为了生活得尽可能好些，让孩子有足够的营养，她业余时间贩海鲜、摆地摊、做裁缝、开小卖部、推销化妆品，总之，只要能多挣点钱，不论什么样的活，她都试着去做，并尽力做好。最多的时候，她同时做了 4 份不同的工作，她以单薄的双肩承担起了一个单亲家庭所有的重担。虽

然劳累，但张玉萍心底是充实的、快乐的，因为每一份收入都意味着能给儿子多买进一些营养品或运动服。这一切，小小的傲伟似乎感觉不到，也许在他幼稚的眼光里，这一切都是应该的、天经地义的。

有一次，是在小傲伟5岁时吧，张玉萍感冒了，烧得很厉害。4点，她挣扎着起床，为儿子准备好一切，觉得头晕难当，脚下像踩了海绵，就与儿子商量："傲伟，妈妈发烧了，今天早晨不去送你了，好吗？"但不懂事的小傲伟却哭着闹着非要妈妈送不可，最后赌气说："坏妈妈！"一个人跑出家门。看到儿子摔门而去，张玉萍很不放心，她强忍着头晕，跟跟跄跄地悄悄跟在儿子后面。好在黎明的烟台市区，汽车还不是太多，张玉萍一直看着儿子过了最后一条马路，走进体操馆的大门，才回转身，扶着墙角休息了好一阵，慢慢往回走。

回到家，稍事休息，她又得为儿子张罗早饭了。

儿子一大早到体校去训练，到早餐时，做家长的给孩子送一份早餐。也不知道是谁发起的，所有的家长送的都是鸡蛋羹，而且都是蒸两个鸡蛋。但工资只有38元的张玉萍无论怎么挣钱，早晨也拿不出两个鸡蛋，她只好打上一个鸡蛋，搅点淀粉在里头，蒸好，看上去跟两个鸡蛋的没什么差别。因为自己不能像别人那样为孩子打上两个货真价实的鸡蛋，张玉萍每天去送早餐，都很心酸。她至今非常内疚，常常追恨自己，为什么就不能给孩子两个鸡蛋吃！

张玉萍离婚后，一个人带孩子的艰难被同事和亲人们看在眼里，为了帮她减轻负担，他们劝她再婚。张玉萍也觉得再组织一个家庭，可以给儿子一个完整的家，能避免单亲家庭给儿子性格带来的负面影响。于是，在傲伟6岁的时候，张玉萍曾与他商量过，但是他不同意。也许在他看来，有妈妈一个人的爱就足够了，妈妈对他照顾得无微不至，他已经很满足了。

1990年，邢傲伟进入省体校。8岁的儿子一个人在济南，张玉萍很不放心，一开始她每个周末都到济南看望和照顾儿子，但烟台到济南火车要走六七个小时，费时、辛苦尚且不论，光是经济上就负担不起。慢慢地，随着儿子适应了省城的生活，张玉萍改为每月跑一趟济南。一个人在家，张玉萍更感受到了孤独。随着儿子一天天长大，朋友们又开始为她张罗对象。暑假里，傲伟回到了烟台。一天，晚饭后，张玉萍对儿子说："傲伟，我再给你找个爸爸吧？"

不料，傲伟头也不抬地说："你要是找，我给你打出去！"

张玉萍愣了一下，没说什么。

夜里，母子俩依偎在沙发里。张玉萍对小傲伟说："你看，你不在家的时候，妈妈要是病了的话，口渴了，也没人倒杯水给妈妈喝。"也许是小傲伟被妈妈的话打动了，他说："行啊，妈妈，你找一个吧。"

可是第二天，张玉萍再次说起这个话题时，小傲伟又反悔了。

孩子尽管还小，可是表明的态度却很坚决。张玉萍思考再三，还是决定尊重孩子的意见，把再婚的念头暂时搁置，全力支持儿子从事体操训练。

没想到，这事一搁就是13年。

体操小王子长大了，
为羸弱的母亲找一个伴

1994年，邢傲伟被调进国家队，来到北京。

从烟台到北京，路途更加遥远。为了能照顾儿子，张玉萍向单位请了长假，也到了北京。为了生存，她又开始了在北京的打工生活。这期间，她还曾做过几个月的保姆，但这事她没有告诉傲伟，也许，她觉得伺候人是不够体面的一份工作，怕伤到儿子的自尊。

在北京打工的日子持续了将近一年,看到儿子已经适应了北京的
生活,与教练和小伙伴们处得也不错,张玉萍就托付在北京工作
的表弟,抽时间常看望一下傲伟,她则依依不舍地离开北京,回
到烟台上班。那时,张玉萍的表弟刚结婚不久,小两口每到周末
就到国家体操队去看望傲伟。看着表舅和舅母亲亲热热出双入
对,邢傲伟若有所思。张玉萍曾对表弟说起过傲伟反对她再婚的
事。于是,在交谈中,表舅就有意无意地与傲伟说起妈妈一个人
生活的不易。来到北京,天地更加广阔,年龄也长了,阅历也深
了些,邢傲伟开始反思自己对妈妈的态度。

对于妈妈工作之余同时打着几份工,傲伟记忆犹新。但他当
初并没有体会到妈妈的辛苦。读体校时,偶有空闲,他也跟着妈
妈跑海鲜市场、买卖副食品、捣腾服装,甚至还跟着妈妈去过青
岛、广州。男孩子么,不知道累,反而觉得到处跑,到处逛街,
挺好玩的。特别是一路上,妈妈对他照顾得无微不至,给他买好
吃的、好喝的,还有新衣服。至于妈妈吃什么,他是不在意的。
毕竟是男孩子,本来就心粗,又太小。

在国家队接受正规训练,纪律严,强度大,在又苦又累之余,
他突然体会到妈妈一个人打着好几份工,是多么的辛苦! 自己只
是进行一项体操的训练,生活有规律,还感觉这么累,妈妈每天
要四处奔波,作为一个女人,能坚持这么多年,多不容易! 对妈
妈的敬佩之情、感激之情,化作了进行训练的巨大动力。同时,
身边的事也让傲伟对自己对妈妈再婚的态度进行了反思。他觉得
自己太自私了,他主动对妈妈说:"妈妈,你一个人挺辛苦的,我
一个伙伴的妈妈和你一样,早就另找了伴,过得挺好的,你也再
找一个吧。"

听到儿子的话,张玉萍很感慨,很欣慰,但这些年过去了,
自己的想法也淡了,同事朋友们以为她铁了心地不想再找,也都
不提这事儿了。她对儿子说:"谢谢你,儿子。你现在最重要的

是搞好训练，出成绩。这事儿以后再说吧。"

张玉萍说到做到，一门心思都在儿子的事业上。她也不让儿子为这事分心。

任何一个人，想成就一项事业，都要经历磨砺，经受挫折，傲伟也是这样。有一段时间，因为换教练，也因为成绩一直难以突破，压力太大，傲伟产生了畏难和厌倦情绪，一度想打退堂鼓。张玉萍得知后，非常着急，思虑再三，她把自己在北京干过保姆的事告诉了儿子。她说："妈妈为了你，什么都干，宁肯付出一切，为了你能走到今天，连保姆都干了。妈妈不容易，你也不容易，从市体操馆，到省体校，到国家队，多少人想而做不到？到了这种地步你想放弃，你对得起妈妈吗？"

妈妈的话令傲伟特别震撼。是呀，相比于妈妈的付出，自己遇到的这一点困难算得了什么呢？他打消了放弃的念头，振作起来，投入训练之中。为了回报妈妈的付出，他暗下决心，一定要拿到金牌，为妈妈买上大房子，让妈妈过上好日子。

邢傲伟没有食言，在接下来的曼谷亚运会上，他一举夺得了两个冠军：一个团体冠军、一个鞍马冠军。走下领奖台，傲伟打的第一个电话是给妈妈。他说："妈妈，我成功了，你可以在烟台市挺起腰板走路了！"张玉萍的眼泪一下子流了下来。她觉得儿子懂事了，儿子体会到了她的付出、艰辛，体会到了她的酸甜苦辣。

人生之路有时如登山，突破了一个坎后，就会一路畅通。亚运会后，傲伟的训练更紧张了，因为他已经成为体操队重点培养的好苗子。1997年，在洛桑世界体操锦标赛上，邢傲伟在自由体操中有出色表现，在鞍马比赛中更是拿到了9.7分的高分，接下来又在单杠比赛中获得9.525分的好成绩，与队友一起获得了团体冠军；1999年，天津世锦赛，邢傲伟又与队友一起，蝉联了这个项目的冠军。张玉萍与儿子一起分享了这些

胜利，也感受到了儿子的成长。

1998年曼谷亚运会期间，傲伟从国外给妈妈买了一支水晶玫瑰，还是带香水的呢。可是因为比赛安排得很紧张，他一直没有送给妈妈。第二年世锦赛在天津举行，张玉萍也来到现场为儿子助威。比赛结束后，母子俩一块儿来到北京，邢傲伟拿出一个包装极其精美的礼品盒，交给妈妈，说："妈妈，这是母亲节我送给你的礼物。"张玉萍打开一看，激动得不得了，她掩饰着自己的情绪说："你应该给妈妈送康乃馨，玫瑰花是送给爱人的。"邢傲伟说："我最爱的人就是妈妈嘛！"

张玉萍与邢傲伟有一个共同的目标，那就是获得每个体育运动员都梦想的最高荣誉——奥运金牌。

激动人心的时刻终于到来了。2000年9月18日，悉尼，奥运会体操男子团体比赛进入最后的决赛。这时候的张玉萍，可能比儿子还紧张。悉尼奥运会开幕以来，只要有儿子的比赛，张玉萍都会早早地坐在电视机前。看到儿子与战友们一起冲进团体决赛，她比儿子还高兴。决赛当天，邢傲伟家挤满了记者。张玉萍也特意换上了一件红衣服，她希望能给儿子和他所在的体操队带来好运气。经过激烈的拼搏，中国男子体操队获得了冠军。张玉萍家顿时成为欢乐的海洋。记者们争相拍摄，采访。邢傲伟也在第一时间打来电话，向妈妈报喜。

悉尼奥运会之后，张玉萍到北京看望儿子。在宾馆里，张玉萍发现儿子接过几个电话之后，时不时地看表，有点心神不宁的样子。张玉萍就说："我就是来看看你，没别的事，你若是有事儿就去办。"又过了一会儿，邢傲伟不好意思地说："妈，有个同事今天过生日，约我过去一下。"张玉萍说："那你快去吧。"

望着儿子离去的背影，张玉萍陷入深思。是呀，儿子大了，有了自己的小天地，如果自己总是一个人过，会令儿子担心，单是为了儿子，自己也该再成个家。于是，再见到傲伟时，她就大大方方地与儿子谈起了这个问题。自从单身以来，她一直把儿子当做朋友，凡事都征求儿子的意见。而儿子，这一次确实也像是她的朋友。儿子认真地说："妈妈，你这样想，我真高兴。你真早该成个家了。"

过后，傲伟常在电话里问："妈妈，你恋爱谈没谈上？"

2003 年，经同事介绍，张玉萍认识了陶立泰先生。陶先生是西安飞机厂驻烟台办事处的负责人，处级干部，虽然比她大 10 岁，但身体很好，人也很有修养，老伴前几年病逝。张玉萍与陶先生一见如故，有很多的共同语言。陶先生非常敬佩张玉萍为了儿子能付出那么多。张玉萍也敬佩陶先生事业有成、为人厚道。经过一段时间的交往，他们的心走到了一起。张玉萍开始试探着与儿子说起老陶。儿子对妈妈的选择非常支持，非常理解。这年圣诞节前夕，邢傲伟给妈妈打电话："妈妈，今天你和陶叔叔有什么安排呀？"张玉萍奇怪地说："没什么安排呀？"邢傲伟说："今天是圣诞节，你和陶叔叔应当去一下餐厅，参加一个烛光舞会，浪漫一下嘛。"张玉萍心里甜丝丝的，嘴上却说："儿子，你是不是觉得妈妈老了，成了累赘，恨不得妈妈赶紧嫁出去，要把妈妈往外踢呀？"邢傲伟说："哪儿呀，儿子是为了你幸福。你们结婚后，晚上一块儿看电视，吃瓜子，闷了有个说话的，万一病了，也有人端杯水嘛。"张玉萍忍住笑，在电话里说："那，我早就想成个家，你不是一再地反对吗？"邢傲伟着急地说："妈！那时候我小，不懂事儿嘛！"

利用邢傲伟回烟台的机会，张玉萍与陶先生一起到机场接儿子，并在饭店吃了饭。这是邢傲伟与陶先生的第一

次见面。过后张玉萍问儿子的看法，邢傲伟说："叔叔看上去挺让人放心的。"

他为妈妈终于老来得爱而欣喜不已。

奥运冠军爱的回馈——
99朵玫瑰是最好的礼物

2003年，烟台。一场并不张扬的婚礼却引起不小的反响。当新郎和新娘在亲戚朋友的祝福声中走上红地毯时，特快专递送来了99朵鲜艳的玫瑰花，还有一条红色的绶带，上面写着："祝老爸老妈新婚快乐！儿子 傲伟"

来宾们惊喜不已，围住这99朵玫瑰和祝福绶带，赞叹之声不绝于耳。人们把新郎和新娘簇拥到鲜花和绶带前，拍下了具有纪念意义的镜头。这个"傲伟"就是奥运冠军、著名体操运动员邢傲伟。邢傲伟非常关心妈妈的婚姻，非常希望能回家参加妈妈的婚礼，但因为正闹"非典"，邢傲伟又要忙于准备雅典奥运会，不能回烟台，他特意打电话祝福母亲与继父，还邮来了99朵玫瑰花。

傲伟说，他与妈妈的感情，对妈妈与继父的祝福，就是99000朵玫瑰也表达不了。

傲伟与陶先生也很有缘。

张玉萍与陶先生恋爱期间，她曾把全家约到北京聚了一次。这里的所谓"全家"，包括邢傲伟和陶先生的两个儿子。陶先生的两

个儿子都在西安工作，事业、家庭都很成功。三个成功的儿子一见如故，很是谈得来。

确定婚期后，张玉萍在第一时间给儿子打了电话。邢傲伟说："妈妈，祝贺你们，可我实在不能回家呀。"又说："我是不是要对陶先生改称呼呀？"张玉萍说："你随意吧。"傲伟又问："你们登记了没有哇？"张玉萍说："当然登记了，现在我们是合法夫妻了。"傲伟说："那你让陶先生接电话吧。"

陶先生接过听筒，傲伟说："老爸，祝你新婚快乐！"

听到傲伟叫自己老爸，陶先生乐得合不拢嘴。

婚后的生活和谐而温馨。张玉萍和陶立泰互相照顾，互相包容，生活非常充实。他们体会到，结婚后，三个儿子也可以放心地投身于自己的事业了。

2005 年春节，邢傲伟是跟着妈妈和老爸在西安过的。他给两个哥哥每人买了一块手表，而哥哥们给他的礼物则是数码相机。现在他与两个哥哥经常通电话，相处得非常融洽，就像亲兄弟一样。

傲伟与陶先生的关系也非常融洽，傲伟现在做了教练，管理上的许多事情，他常常越过妈妈直接向陶先生询问。陶先生理解傲伟，尽自己的能力，给傲伟以父爱。他们既是父子，又是朋友，相互之间很谈得来，感情也日益深厚。傲伟常打电话给老爸叮嘱他们老两口注意身体，互相照顾。因为工作忙，有时候傲伟来不及打电话，就发个短信。陶先生喜滋滋地说："傲伟又来短信了。"张玉萍连忙查找自己的手机："哎，怎么我的手机上没有呀？"

若说妒嫉，这是幸福的妒嫉。

若说吃醋，这是快乐的吃醋。

感悟与思考 》

　　在中国，"孝"是家庭中最重要的伦理道德，也是最基本的美德。

　　邢傲伟就是一个孝敬父母的典范，他的事迹告诉我们：孝敬父母要让父母感受到儿女的成功。儿女是父母的希望，是父母的精神皈依。在父母的心中，自己的一生已经基本定位，不会也不可能会有更高的发展，他们的一生中可能存在着许多的遗憾，可能有许多的梦想没有实现，往往寄希望于自己的儿女，希望自己努力工作创设好条件，儿女奋力拼搏，实现自己未能实现的夙愿。这样，做父母的也会感到非常光荣和满足。儿女们取得成功，最快乐的往往是父母，他们的笑是发自内心的。儿女学习上的进步，事业上的成功，都可以说是对父母最大的回报，是对父母的"孝"。

　　孝敬父母要真正体会到做父母的需要，要让父母能够在心底里感到快乐。天下的父母亲对儿女们的要求并不高，事实上，儿女的一点进步，一个暖心窝的问候，都会使他们的脸上荡漾起一片笑意。这就是亲我们爱我们的父母亲！

　　邢傲伟获得了众多的世界冠军的头衔，可以说是一个成功的典范，他的成功使邢妈妈感到无比的幸福和骄傲。可是，全中国有多少个邢傲伟，又能出现多少个世界冠军呢？作为普通人的我们，如何让父母为我们感到骄傲呢？

好儿成双喜事多，
孝敬老人代代传

　　刘全和、刘全利也许是中国知名度最高的孪生兄弟了。他们表演的小品妙趣横生、配合得天衣无缝。有趣的是，他们从出生到人到中年，一直都没有分开。1957年5月6日，哥俩同一天出生。1970年，兄弟二人一同进入中国人民解放军铁道兵文工团。后一同进入中国广播艺术团。1992年，他们一起获得了第九届世界滑稽大赛的最高奖——意大利"金小丑"奖……

八级锻工喜得
双胞胎儿子

刘师傅是天津人，八级锻工。活儿好，脾气也大，个儿大，膀宽腰粗，会武术，是工厂里的大哥大，说一不二。这一天，刘师傅回家，见老伴躺在床上，身边一边放着一个婴儿。再一看，老胖的大肚子没有了。"生了？"他惊喜地问，"还是两个？什么，都是儿子？好哇！好哇！"粗喉咙大嗓门儿的他，高兴地看看这个，摸摸那个，趁老伴不注意，偷偷抹了一把泪。

"看你出息的！"老伴说。她也很有几分得意。"看你怎么填满这两张嘴！"

"吗（口语，意为'什么'）事儿也没有！咱有的是力气！只要你能生，我就能养！"刘师傅攥起拳头，弯起胳膊，突起的二肌头显示着力量与自信。

床上这嗷嗷待哺的小哥俩，就是刘全和、刘全利。出生之前，他们上有哥哥姐姐，出生之后，又有了弟弟妹妹，共姐弟6个。他们出生之后，只过了两年就赶上三年自然灾害。为填饱这几张嘴，刘师傅和老伴没少操心。拿他们的话说，是"从大人嘴里抠食给孩子吃"。虽然刘师傅的工资在当时是顶尖的，但也不得不经常加班加点挣点奖金，再就是外出帮忙赚点外快，生活上当然是节俭到家。刘全和、刘全利两兄弟至今还记得母亲弯着腰，仔细挑选煤渣的情景。母亲是把没烧透的煤渣拣出来，再放进炉里烧。白天辛苦，晚上更辛苦，刘妈妈身边一边一个儿子，这个尿了那个尿，把她泡在中间，她风趣地说："自打有了他们俩，我就改睡'水床'了。"

为了省钱，她还买来剃头推子，给小哥俩剃头。由于光是男孩子就有4个，久而久之，刘大妈竟然练出了理发的上好手艺。男孩子穿鞋坏得快，她给全家人做饭、洗衣之余，还要花很多时间给孩子做鞋。

小哥俩穿着四只一顺的球鞋
一丝不苟地练功

考虑到小哥俩在娘肚子里争食，发育肯定比单个儿的要弱一些，刘师傅从小哥俩6岁起就教他们练武术。俗话说："严师出高徒。"刘师傅眼一瞪，小哥俩就不敢胡思乱想，一招一式练得很认真。再加上身架、模样都完全一样，就很有了几分看点。所以，星期天小哥俩到父亲的厂里去洗澡，工友师傅们就起哄，拦住他们，叫他们表演一段武术。小哥俩也不含糊，拉开架势，在工人们的掌声中打完一套拳，汗涔涔的，正好冲澡。回家的路很远，小哥俩就缠上了爸爸的自行车。刘师傅也乐得跟孩子们走一走。刘师傅这样一个堂堂男子汉，却非常喜欢孩子。他8岁没了母亲，9岁没了父亲，是个孤儿，一个人从农村来到天津闯荡。这段经历使他特别喜欢孩子，宁可自己吃再多的苦，也不让孩子吃苦。他把自己那辆宝贝自行车让出来，让俩孩子轮着骑。常常是弟弟先骑上自行车，到下一根电线杆停下，等哥哥和父亲走到，交出自行车，哥哥骑到第三根电线杆再停下，如此循环，快快乐乐到家。

有欢乐，就有痛苦。小哥俩很调皮。有时候别人家的父母找上门儿来，说刘家的孩子打了他家的孩子。刘师傅问人家："是哪个打你家孩子了？"来人瞅着一脸坏笑的小哥俩，困惑地说："我哪儿分得出来呀？你这不是成心为难我吗？"刘师傅一想也对，自己从背影上都分不清，叫人家怎么分？分不清也有办法，顺手拉过来一个就打。他说，就算是冤假错案，也冤不到哪儿去，反正他俩是一回事。这么一打，也给人家解了气。

要说"冤假错案"，倒真是有一桩，笔者现场求证也没有解开。小哥俩小时候曾穿过一顺的鞋。刘师傅说那是刘大妈做的鞋。但刘大妈说不是，是刘师傅图便宜买来的。她说工厂也不知

怎么了，处理了一批全是一顺的鞋，当然是非常便宜。从来不管家务的刘师傅就自作主张地买来一批。于是小哥俩练功时，不但动作一致，模样相同，连四只鞋也是一顺的。

穷人的孩子早当家。刘全和、刘全利兄弟两个从小什么毛病也没有，不抽烟，不喝酒，也从来没有乱花零钱的习惯。上学后，学习也不用父母操心。小哥俩表现突出。弟弟是中队长，哥哥是中队委员兼学习委员，每个人带一个学习小组回家写作业。刘大妈不识字，儿子们写的是什么，她不知道。她的任务是给孩子们搭上铺板，让孩子们写作业。

学校离家不远。小哥俩课间休息，还跑回家照看一下弟弟妹妹。那几年，为了补贴家用，刘大妈又找了份临时工作，是拉煤车，很辛苦。妹妹比小哥俩小五六岁，还有个更小的弟弟。小哥俩跑回家，照料一下他们再跑回去上课。中午回家，蒸馒头做菜也是小哥俩的任务。秋天，树叶落地，小哥俩就一人一个麻袋，到公园去收集，拿回家晒干了做柴禾。

小哥俩把头两个月的津贴
全部交给父母

1970年冬天，刘师傅正上着班呢，有位朋友对他说："老刘，铁道兵文工团在北站招待所招生呢，你不带着你那俩宝贝儿子去试试？"刘师傅听了，特别兴奋，马上叫小哥俩换了身干净衣服，一起来到了天津北站。进了房间，当兵的一看这两个小毛头，眼就亮了，问："你们会啥呀？"哥俩说："会武术。""哦，那练练给我们看看？""行！"

房间不大，还有两张床，施展不开。小哥俩就踢了踢腿、打了个劈叉。负责招生的人挺痛快，说："行！两个小伙儿不错！我

们要你了。等通知吧。"

就这样，小哥俩做梦一样进了部队。部队吃得饱，住得暖，发衣服，还发津贴。小哥俩那个高兴劲就甭提了。他们说，多亏老爹果断，要不然哪有今天！

俗话说，一人当兵全家光荣。刘家一下子有俩人当兵，亲戚和街坊邻居都光荣。

两个月后，有人从部队回来，捎给刘师傅25元钱，说是刘师傅的儿子让捎回来的。刘师傅一打听，感动得差点把老泪流出来。原来，那时候当兵每月的津贴是6元钱。俩儿子两个月的津贴加起来，一共才24元钱。刘师傅记起，小哥俩走时，他塞给他们10元钱的零花钱。当时他身上没钱了，若有的话，还会多给他们点儿。没想到儿子这么懂事，有了钱，先想到给父母！也不知孩子手中还有没有钱。回家，老伴看到这钱，也是好一阵唏嘘。

原来，小哥俩从小过苦日子习惯了，更知道父母疼爱自己，还想到弟弟妹妹上学要花钱，所以他们生活非常节俭。牙刷是哥俩用一个。牙膏贵，就用牙粉。连香皂都舍不得买，都是用肥皂。早晨，一个刷完牙，把牙刷放在那儿干别的去了，另一个再来刷。战友们看见就纳闷：这新来的，怎么一会儿工夫就刷两次牙？更令他们疑惑不解的是，刚刚在厨房看见他，怎么到楼上又看见他？难道他会飞？他们没想到这是兄弟俩，双胞胎，长得一模一样，笑起来的样子、说话的声音也一样。更没想到这小兄弟俩将来会名声大震，得金小丑奖！

牢记父亲教导：
师傅领进门，修行在个人

当然，日后的成名得靠眼下的吃苦。小哥儿俩牢记父亲的教诲："师傅领进门，修行在个人。"他们练得非常投入。中午不休息，晚上加班练，早晨两兄弟也早早起来偷偷摸摸地练。当然，年纪轻轻的他们那时还没有过高的觉悟。他们只是珍惜部队吃得饱，还有钱。和他们一块来的一个孩子，由于不听话，呆了没多长时间就被送回家了。回家怎么办？不但不能给父母亲钱，还要与弟弟妹妹争食呢。所以他们刻苦练功。有一次睡了一觉，兄弟俩一块儿醒来，挤挤眼说："走，练功去！"练了好长一阵，浑身都是汗水了，有位老同志起来上厕所，发现练功房开着灯就来看情况。小哥儿俩问："首长，是不是该起床了？"那位老同志看了看手表说："什么呀，才两点！"

别看年纪小，小哥儿俩还主动干内务，主动帮助别人，与大家关系处得很不错。哥儿俩摽着劲儿进步。在入党提干时，名额有限，这时，哥哥就让着弟弟，总是弟弟优先。对此，弟弟在感激之余也有几分幽默："早在小学时我就是中队长，哥哥是中队委，我管着他嘛。"

入党提干让了也就让了。可到了谈婚论嫁的时候，这哥儿俩还是让。人家介绍对象，姑娘也挺逗，说："行，这两个哪个都行。"这可怎么办？于是，哥哥又让给了弟弟。当然，弟媳也很够意思，买衣服都是两份，不偏不厚。后来当然是弟弟先有了孩子，是个男孩；哥哥于11个月后添了个女孩儿。这一次弟弟终于得到了回报哥哥的机会，他教育儿子，要一切让着妹妹。眼下，哥儿俩虽然各自有小家庭，但台上台下还是好得与一个人一样。两位妻子当然认不错丈夫，但孩子们可就有些无所适从。有一次，哥儿俩从国外演出归来，刘大妈带着孙

子孙女去接飞机。没想到见了之后，孩子都分不出哪个是爸爸、哪个是叔叔（伯伯），急得哭了。刘大妈一边乐，一边帮孩子找爸爸。可两个儿子都是笔挺的西服，挂满勋章，她自己也一时分不清哪个是哪个呢！幸亏儿子们认得自己的孩子。

让父母亲过一个
幸福的晚年

如今，刘师傅年近80，身子骨还很硬朗。刘大妈身体也很结实。前些年，他们还帮儿子带孙子、孙女呢。早已成了名人的刘全和、刘全利两兄弟一如既往地孝敬父母。他们为父母买了好房子，物质上让老人尽情享受，还经常看望父母。拿刘大妈的话来说，就是："我要是两天不去，他就开车来看我们。"刘全和、刘全利兄弟说："这一切都是应当的。父母亲把我们养育大、培养成人很不容易。不但我们要这样做，还要教育孩子这样做，好好孝敬爷爷奶奶。让父母年老的时候，过一个幸福快乐的晚年。"

感悟与思考 ≫

《诗经》中关于父母的恩德有这样的表述："欲报之德，昊天罔极。"大意是，父母的恩德像广阔的天空，（无论怎样做）都是难以报答的。

父母给了我们生命，而生命是如此的美好，我们应该对父母永远怀有一颗感恩的心。父母养育了我们，从十月怀胎到呱呱坠地，从婴幼儿到长大成人。为了儿女的成长，他们精心护理，百般关照，日夜操劳，费尽了心血。儿女成人了，父母老了，可他们的牵挂没有断。唐代诗人孟郊在《游子吟》中说道："慈母手中线，游子身上衣。临行密密缝，意恐迟迟归。谁言寸草心，报得三春晖。"这首不朽的诗，之所以千古传诵，就是因为道出了天下儿女对父母的感恩之心。

刘全和、刘全利的做法足以感动我们，他们的孝行是我们中华民族传统美德的再现。刘全和、刘全利哥儿俩不但对父母奉行孝道，尽儿子的拳拳孝心，而且兄弟之间相互谦让，打小就知道照顾比自己小的弟弟妹妹，替父母分担，尽显手足情深。正因为有了这彼此之间的体谅、宽容和关爱，才有了这和睦的大家庭。在构建和谐社会的今天，如果每个家庭都能如此，那些不和谐的音符岂能奏响？

孝子
刘金山

　　《小兵张嘎》里的胖翻译官、《沙家浜》中的胡传魁、《起步停车》中的学员老大、《闲人马大姐》中的潘大庆，一个个鲜活的形象都给人留下了深刻印象。刘金山用自己特有的"刘氏幽默"将一系列喜剧中的"小人物"演绎得出神入化。

　　而生活中的刘金山，朴实无华，平易近人。说起家事，特别是说起父母亲，刘金山非常动情。

· ·

刘金山的父亲刘文光是京剧界的前辈、著名京剧表演艺术家袁世海的得意弟子。由于各种原因，刘金山没跟父亲学京剧，父亲对他的影响是潜移默化的。

刘文光是一个非常有责任心的人，对演出一丝不苟，对家人也非常尽心。刘金山和妹妹小时候，因为妈妈中午不回家，父亲就每天骑一个小时的自行车，从海淀区的魏公庄回到西直门的家，为儿女做好饭，再骑车回团。团里是供应午饭的，刘文光每天辛苦这一遭，就是为了让儿女能吃上顿热乎饭。不仅如此，每天，他还要为妻子洗刷饭盒，并装好第二天的午饭。这一切，刘金山都看在眼里。随着年龄的增长，他对父亲的感情和敬重也越深。

令刘金山万万想不到的是，一向健康、正值盛年的父亲突然病倒了。

那是1991年，中国京剧院与日本新制作剧团合作，排演了一出表现中日友好的京剧。父亲饰演剧中的主要人物日本人龟田五郎。剧是在日本排练的，在中国首演。日本方面对刘文光的表演非常赞赏，说他演的日本人特别传神。但在排练时，刘文光身体不适，吃饭不顺畅，本来每天都要喝点儿酒，也不想喝了。回国后到医院一查，胰腺有问题，医生建议做CT。当时刘金山恰好刚拍完一个戏回到家。看到父亲情绪低落，就劝慰了几句。父亲与他的关系特别好，特别是刘金山长大之后，父亲喝酒时总是给儿子倒上一杯，说："爷们儿，来点儿？"刘金山就与父亲对饮。演出上遇到什么坎儿，刘金山也习惯向父亲请教，求父亲给他支招。

现在，事业上正值盛年的父亲突然面临着重病的威胁，这令刘金山心情非常沉重。

由于又有新的演出，CT检查还是由母亲陪父亲去的，

但刘金山一直惦记着。第三天，结果出来了，刘金山通过电话，从父亲的徒弟口中得知父亲被确诊为胰腺癌，而且是晚期，已经扩散。医生说，父亲只能活三四个月。父亲的徒弟在电话中已经是泣不成声。

刘金山如五雷轰顶。作为儿子，他必须面对这一切。妹妹还小，不能告知实情。对父亲，也得瞒着。事先他和母亲嘱咐医生写两张 CT 单子，给父亲看的那张，写的还是胰腺炎。刘金山只能有泪往肚子里流，强装笑脸劝导父亲，让父亲开心。

京剧团与日本方面合作排练的节目演出在即。刘金山与母亲劝父亲不要参加了，在家安心休养。但是父亲不听，因为剧已经排了半年了，这时如果再找人替代，是不可能的。由于不能把真实的病情告诉父亲，刘金山只能眼睁睁地看着父亲登台演出。为了照顾父亲，他和母亲跟随父亲，陪着父亲在天津、大连等地演出。演出获得了极大的成功。但在后台，刘金山能看出父亲在强忍着疼痛。他心里非常难受。

父亲的最后一场演出被安排在民族文化宫。看着父亲在台上一招一式一丝不苟地唱做念打，刘金山既为父亲的敬业精神所感动，又为病魔在折磨父亲、死神在悄然向父亲逼近而伤心。刘金山看出，父亲的脸明显地消瘦了。

民族文化宫的演出结束，刘文光就住进了医院，再也没能登台。

那时的刘金山，事业上刚刚起步。对于一个演员来说，人气渐旺，正是把自己的演艺事业推向极致的最佳时机，但是，刘金山毅然推掉所有的片约，寸步不离地照顾父亲。尽管医生说父亲来日无多，他还是想尽了一切办法，跑了好多地方，为父亲讨来各种偏方，希望奇迹能够出现。

然而，现实有时特别残酷和无奈。刘文光眼见得一天不如一天。刘金山所能做到的，是尽量减轻父亲的痛苦。

胰腺癌患者特别痛苦。看着被病痛折磨的父亲，他甚至叫上几个要好的哥们儿，每当父亲感到不适时，就把父亲抬到离床高1米左右，这样父亲会感觉到好受一点。他们能坚持多久，就坚持多久。几个人经常累得满头大汗。尽管这样，有时还是不能解决问题。有一次，父亲又疼得受不了了，一直在乱撕乱咬。一家人都不知道如何是好。刘金山实在看不下去了，他把自己的胳膊放在父亲的嘴边，让父亲咬住。父亲疼痛过度，狠狠咬住儿子的胳膊，直到咬出两道血痕。等父亲清醒过来，看到儿子胳膊上鲜红的牙印，不禁老泪纵横。

人们常说："久病床前无孝子。"而刘金山却是一个时时刻刻尽心尽力的孝子。一向倔强好强的父亲，在生命的最后关头，视自己的儿子为依靠。只要一眼看不到儿子，他就急得大吼大叫。父亲的每个眼神，每个动作，刘金山全都看在眼里，领悟在心里。他理解父亲，他知道父亲需要他。可没日没夜地陪着，也使他的身体严重虚脱。一个大胖子，竟熬成了一个瘦人。父亲走后，他一下子就垮了，躺在病床上，莫名地高烧不退，打吊针，用退烧药，都不管用，持续了一周，才渐渐缓过来。

父亲虽然走了，但父亲叮嘱的"学艺先学做人"、"戏缘就是你的人缘"、"台风可以看出你的人品"的话，刘金山一直铭记在心。特别是父亲对爷爷和奶奶的孝敬，更对刘金山影响至深。刘金山记得爷爷病重时，父亲对爷爷的照顾、伺候真是无微不至，有时候父亲忙不开，就叫儿子："金山，给你爷爷去捏捏后背。"那时金山还很小，就爬上床，给爷爷捏捏后背、撮撮胳膊、掐掐太阳穴。刘金山奶

奶病重后，刘金山跟着父亲陪奶奶到天津，亲眼看到父亲伺候奶奶拉、尿，不嫌脏、不怕累。这给刘金山留下了深刻的印象，也给他树立了最好的榜样。

父亲过世后，刘金山对母亲更加孝顺了。他担心母亲因失去父亲而悲伤过度，就继续推掉片约，在家陪伴母亲。每天变着花样给母亲做好吃的，和母亲聊天，陪母亲散心，不停地给母亲讲故事、讲笑话化解母亲的忧心，直到母亲精神渐渐好起来，刘金山才接戏拍片。虽然拍戏工作很忙，但他仍然经常打电话给母亲，只要一回到北京，就先去看望母亲。母亲年纪大了，体弱多病，刘金山经常陪母亲到医院检查治疗。这时的他，特别细心。

刘金山不仅对自己的父母孝顺，对朋友的父母也一视同仁。他的朋友董大夫的老母亲90多岁了，每到过年过节，刘金山总是前去看望。这也是他交朋友的一个原则。

刘金山说："人一定要孝顺自己的父母。孝顺是一个人非常重要的品德。绝对不能与没有孝心的人交朋友。"

感悟与思考 >>

　　刘金山用自己的行动告诉世人，尽孝要用至诚之心，要发自内心地爱自己的父母。做到这一点，看起来容易，其实不然。"大孝尊亲，其次弗辱，其下能养。""今之孝者，是谓能养。至于犬马，皆能有养。不敬，何以别乎？"就是说，孝，不能只停留在物质上赡养父母，犬马尚知反哺，如果对父母缺乏敬爱之心，与犬马有什么区别呢？只有对父母的生养发自肺腑地感恩，关心体贴父母，才能尊敬和爱戴自己的父母。

　　孝敬父母，回报父母，不必一定要做出一番惊天动地的事情。我们只要时刻把父母记挂在心，在平时多用心，从小事做起，从一点一滴做起，自己的事情自己做，尽量减轻父母的负担，就可以尽到我们对父母的孝敬之心。

　　孝，不是做给别人看的，也不是为了获得别人的夸奖，但是却实实在在地需要付出很多。在付出时，我们应当基于一种什么样的心态才是正确的呢？

街舞 跳出母女情

　　中国已经进入老龄社会，老年人的生活质量关系到社会的和谐。退休在家的老妈妈武英（上图中）迷上了跳街舞，女儿郭喆极力反对，因而引发家庭大战。没想到老妈越战越勇，不仅赢得街舞大赛的冠军，也终于赢得女儿的理解与支持。当妈妈的街舞队参加比赛遇到人手缺位难题时，女儿毅然加入队中，成为队里的超级替补。母女俩带领街舞队连续两年拿下全国电视街舞大赛的季军，还获得了"澳瑞特"杯体育舞蹈大赛街舞的冠军。

奶奶街舞队魅力四射，
古稀老人活出风采

"人生七十古来稀。"这话虽然已经有些过时，但说起 70 岁的老人，人们联想到的是，这些人大多数是佝偻着腰、行走缓慢、表情麻木，有的甚至拄着拐杖。能到公园晨练的，已经是少之又少，活动项目也限于打打太极，做做深呼吸；如果能扭扭秧歌，跳跳交际舞，那就是这少数老人中的另类了。

可是在北京，却出现了一支奶奶街舞队！

请看她们跳街舞的情景：

随着急促激昂的音乐响起，几位穿一色休闲服饰，扎着时尚头巾的中老年女士跳起了街舞。只见她们上下翻飞、活力四射、动作整齐、表情丰富，焕发出一点儿也不亚于年轻人的激情！看到这样的场面，谁也不敢相信她们的平均年龄竟是 57 岁，队长武英更是已经 69 岁了。

寻寻觅觅，
"健身明星"与街舞一见倾心

武英生性活泼，性格开朗，在单位时就从事文艺工作，一直干到"超期服役"。1999 年退休后，身材一向保持得不错的她开始发胖。于是，她每天到玉渊潭公园锻炼。但一年以后，她发现这种锻炼仍然控制不住身体继续发胖，日常穿的衣服都变小变紧了，腰也粗了，胯也大了。她的心情很烦躁，整天琢磨着如何保持好体形。尽管那时北京还没有几家健身房，费用也很是不菲，她还是咬咬牙进入一家健身房，开始猛练。在健身房里，她每天要跳上 3 节健美操，练 2 个小时的器械，一个月只休息 4 天，比上

班时还忙还累。仅仅3个月后，就瘦了好多，肌肉结实了，穿衣服也有型了。一起健身的年轻人，都叫她"健身明星"。

2003年8月，中央电视台播出第一届全国电视街舞大赛，武英偶然间看到这个节目，立刻被打动了。随着热烈而充满激情的节奏，看着那些生气勃勃、上蹦下跳的大姑娘小伙子们，她心潮澎湃，觉得生活一下子有了活力。她禁不住跟着电视扭动起来，感觉这种运动能让她全身每个关节都活动到位，彻底忘却生活中的烦恼和不快。街舞节奏快，动作敏捷，手、脚、脑袋甚至眼珠全方位地运动，对老年人的关节炎、腰腿疼甚至颈椎病都大有裨益。正在为老来肌肉松弛而积极锻炼的武英，一下子就找到了运动的方向。她暗下决心，一定要学好街舞。

渐入佳境，走火入魔，
却遭到女儿坚决反对

武英是那种想到了就做、要做就做到最好的人。她立刻找到一位街舞教练，诉说自己的向往，却不料被兜头泼了一盆凉水。教练说："这是项运动力很强的舞蹈，您年纪太大了，不合适。"教练的话反而激起了武英的倔劲儿。教练教年轻人跳街舞，她就在旁边站着看，跟着学。她的诚恳和执著终于打动了教练，收下了她这位"超龄学生"。她不仅在健身房跳，还买了光盘在家跳（当然是只她一个人在家的时候）。学习中，武

英发现，街舞里确实有些动作不适合老年人，比如倒立旋转、单手撑地、45度悬空等，需要进行改动，但大多数动作老年人是完全可以完成的；她还发现，街舞与其他舞蹈不同，别的舞蹈是几拍一个动作，至多一拍一个动作，而街舞则是恨不得一拍两个、三个动作，老年人初学确实很难记住、跟上，但只要坚持、努力，一旦克服了这些困难，则是大有裨益：人会变得轻灵，记忆力也大幅提高。

功夫不负有心人。武英的街舞跳得越来越好，甚至超过了和她一起学习的年轻人。渐渐地，武英不仅让教练和一起学习的年轻人刮目相看，就连当初对她跳街舞直撇嘴的人，也暗中竖起了大拇指。

武英不免有些得意，一得意，就有些忘形。独生女儿郭喆结婚后一直与父母住在一起，这一阵，她发现母亲有些异样：走路时，脚"踮巴踮巴"的，口中还"冬冬卡、冬冬卡"地念念有词；吃饭的时候，母亲的手也常常做出些稀奇古怪的动作，有时会突然停住咀嚼，站起身，伸胳膊跷腿，摆出个造型。有一个礼拜天，她与母亲说话说到很晚，就在母亲的床上睡着了，睡梦中，突然觉得母亲在蹬她的腰，一下一下，急促而有力，口中还发出"冬冬卡、冬冬卡"的梦呓。联系这些天母亲的反常表现，她断定不安分的母亲又在学什么健身动作。当母亲告诉她，自己是在学跳街舞时，郭喆先是大吃一惊，继而是坚决反对。女儿说："什么？跳街舞？你该不是疯了吧？正儿巴经的人哪有干这个的？街头那些不务正业的小混混才跳街舞呢。这可好，咱家里有个老混混了！"

女儿的态度令武英吃惊。因为女儿也喜欢跳舞，还学过国标交谊舞和拉丁舞呢。

武英说："我跳街舞是为健身，碍着你们什么事儿了？"

女儿说："怎么碍不着我的事？我好歹也是在国家部委的部

门工作，大小也算个白领，总得讲究个体面吧。你跳街舞，传出去，人家会怎么看我？叫我怎么做人？"

话不投机半句多，听女儿说出如此重话，武英一气之下，索性搬出去独住。

这一下女儿慌了。她赶紧买了礼品，上门给母亲道歉，请母亲回家。武英也就阶下台。回家后，武英"收敛"了许多。在外面，她练街舞照样走火入魔；在家中，却注意不让女儿发现自己练街舞的"蛛丝马迹"。

艰难组队，首战告捷，
一发而不可收

学会了街舞，武英觉得还不过瘾，想在老年人中间推而广之，成立个老年街舞队。她想：这么好的健身方式，自己不要钱白教，肯定有人学。但事情与她想象的大相径庭。武英跑遍了北京的公园，给人家讲街舞。健身的老同志都说没听说过，她就放着音乐跳着示范，这下大家明白了，有人说太激烈受不了，有人干脆撇嘴说这不是小痞子跳的嘛。武英不灰心，她坚信对街舞有兴趣的不会只有她自己。终于，在武英的再三游说和示范下，有了第一个报名者。这第一个报名者是觉得自己太胖了，想通过跳街舞减肥。武英非常高兴，把这个报名者视为宝贝。之后，又陆续有了第二、第三个，2004 年 2 月，5 个人的街舞队终于成立了。武英是领队，也是教练，她耐心地教她们练街舞，还自己编排了适合老年人的街舞套路。

2004 年 7 月，街舞队首次与年轻人同台竞技，参加全国电视街舞大赛，获得北京赛区健身街舞第三名。

第一次参赛，可谓惊心动魄！

当时，她们的基本功和技巧都不行，没有参赛经验，而且是参赛队伍中唯一的一支老年队伍。还没上台呢，浑身上下就已经紧张得控制不住了。一上台，呀，台下观众黑压压一大片，还有好几台摄像机对着，这阵势真了得！街舞要求笑着跳，她们使劲瞪大眼睛，张着嘴笑，可嘴角就是不听使唤。台下虽然掌声雷动，但奶奶们根本没听见。

下台后，评委们安慰说："大伙儿这么支持鼓励你们，你们为什么还那么紧张啊？"奶奶们仍然惊魂未定，咧着的嘴，愣是半天没闭上。

然而，正是这第一次，锻炼了她们的胆量。

第二年，奶奶街舞队蝉联季军。

2006 年 11 月，街舞队又获得了"澳瑞特"杯全国体育健身舞蹈大赛街舞组的冠军。

武英率领奶奶街舞队开辟了老年街舞的先河，冲出了北京，走向了全国。

将错就错引来一片掌声，
雨中演出惊倒国际友人

2005 年初，奶奶街舞队在北京玉泉路社区礼堂演出。突然，武英左脚的鞋带开了，她正跳得起劲儿，一下子踩到了鞋带上，重心刹那间倾斜了，"啪"地一声摔在了舞台上。说时迟那时快，她下意识地双手一撑地，头往上一抬，随着音乐，身子一纵，屁股一撅，重新站了起来。此时，台下掌声雷动。演出结束，观众围上来，激动地握着她的手说："哎呀，您跳得可太好了，还来了个高难度动作，真棒！"

2005 年 8 月，奶奶街舞队应邀到昌平的一个度假村演出。那是一个露天剧场，夜色朦胧，观众有二三百人，其中还有不少日本人和韩国人。奶奶们上场了，台上铿锵玫瑰激烈火爆，台下谈笑风生兴致正酣，突然，一个霹雳从天而降，倾盆大雨不期而至。观众四散躲雨。舞台上 5 个老姐妹丝毫没有畏惧，相互望了一眼，会心地一笑，"不管风吹浪打，胜似闲庭信步"。可老天爷仿佛跟她们作对似的，雨不但越下越大，音乐也没了。此时，武英高声喊起了口号："1 嗒、2 嗒、3 嗒 4，5 嗒 6 嗒 7 嗒 8；One、two、three、four、five、six、seven、eight……"疾风骤雨中，奶奶们跳得格外起劲儿。许多观众被她们感染，冒雨回到台前。舞毕，观众发出经久不息的掌声，一些外国友人欢呼："你们太棒了！你们是英雄！中国人，OK！"

女儿成"超级替补"，
母女街舞大 PK

随着各类媒体报道的增加，女儿郭喆也改变了对母亲和街舞的看法。武英在家中琢磨和练习街舞也不用偷偷摸摸的了。有时，女儿还与她一起琢磨街舞动作。

因为随着演出的增加，武英觉得仅仅是那一段五分钟的街舞显得有点儿单薄，她想编创几个舞蹈。于是，她把干家务中的擦地、擦玻璃、洗碗等活分别编成了街舞小段。演出后大受欢迎。

2006 年 11 月份，中央电视台春节晚会的导演找到武英，说让她们的街舞队排练上"春晚"。这可是件大事，奶奶街舞队立刻投入了紧张的排练之中。不巧的是，有一位成员因为儿媳生孩子，到国外伺候月子，得过一段时间才能回来。本来就只有五个核心队员，是组队的最少人数，怎么办？难道放弃这珍贵的机会？火速培

训吧，看看手下的人，都不是太理想。情急之中，武英突然想到女儿！对呀，女儿48岁，也已经是中年人了，而且有很好的舞蹈基础，住在一块，教着也方便，何不把女儿培养成队里的替补呢？便回家与女儿商量。郭喆的观念早已转变，妈妈练街舞不但成功了，而且体型美了，体质棒了，好几次，北京流感袭来，郭家全家人感冒，唯独妈妈没事儿。再加上这一阵自己身体发福，体型魅力有些下降，正发愁呢，于是欣然答应。于是，家就成为这母女俩教练街舞的场所。武英要求女儿在一周之内掌握500多个动作，而女儿还要从最基本的动作学起。深夜，女儿累了，要求休息，因为明天还要早起上班，武英就央求女儿：再练两遍吧，再练两遍！于是女儿就抖抖精神，在妈妈的指导下再次投入练习。女儿毕竟年轻，悟性又好，很快就与街舞队融为一体。奶奶街舞队的表演顺利通过了春晚节目的一审和二审，但在三审时没有通过，可能是觉得队员还是少了点儿，再增加队员呢又不可能。

春晚虽然没上，但街舞队却由于各大媒体借着春晚排练一炒再炒而名气大增。许多电视台向她们发出了邀请，央视的春晚没上，却上了北京和好几个省的春晚和其他节目。韩国电视台也采访并播出了她们的事迹。

女儿郭喆成了队里的超级替补，只要有人缺席，她就会顶上。为此，凡有来邀请的，武英都把表演安排到晚上或是周末，以便女儿能参加。女儿也从跳街舞中感受到了快乐，成了铁杆街舞迷。她还把《喜刷刷》这首欢快的歌曲编成了街舞节目，成为奶奶街舞队的保留节目。

当然，毕竟是两代人，观念上有些不同。女儿更倾向于时尚和前卫，在编舞中加入很多高难度动作，武英不同意，认为这不适合老年人，为此，母女俩也没少闹意见。但实践出真知，有些动作，老年人确实做不了，而有些动作，老年人努力一下也能做到，效果也很好。结果是母女双方各退后半步，达成妥协。共同的爱好和探讨加深了母女的相互理解，她们是母女，更像朋友。

面对荣誉，面对各大媒体的报道，武英很平静。她说："中国老年人的退休生活太单一了，我要让大家摆脱'老朽'状态。"为此，她经常带着队伍去找青年街舞队PK。在几年的时间里，她们走遍了北京的大专院校，与高校的文艺舞蹈队一起演出，经常作为"神秘嘉宾"出场，让时尚的青年人钦佩不已。

感悟与思考 >>

故事中的母女俩是一对朋友般的娘儿俩。女儿向母亲提出不同的意见，母亲可以接受也可以不接受；母亲向女儿说出自己的想法，女儿可以认同也可以不认同。两人可以据理力争，各持己见，求大同存小异。谁也不必强拧着自己屈从于对方，不必追求谁为了谁牺牲掉自己而委曲求全，不必追求表面上的一团和气；有的是追求自我生命价值的酣畅淋漓，有的是矛盾化解后的心灵相通，有的是母女间的和谐默契，有的是血浓于水的真情相依。

所以事情总是有两面性的，我们不能绝对化地看待问题。当意见不一致时，为了避免冲撞父母，我们可能会保持沉默，但要知道沉默也是一种对父母的蔑视和虐待，因为它让父母更加深切地感受到自己真的老了，该退出生活的舞台了。有时与父母就某一时政要闻、历史事件、家长里短等等只要是他们感兴趣的话题辩论一场也未尝不是件好事，起码可以刺激老人的脑细胞活跃起来，至少也可以算作是一场智力体操。所以孝顺并不是必须顺从、附和、掩盖自我，而是发自内心的尊重和敬爱，是行动上的体贴与关怀，也是精神上的沟通和理解。

父母与孩子的年龄差距注定了两代人之间存在代沟，在处理问题的方式、思考问题的角度上难免会有分歧。在这种情况下，能站在对方的立场上进行换位思考是最明智的做法。当我们想破了脑袋都无法理解对方时，我们是否就应该让自己的脑袋休息，换上对方的脑袋再来想一想？

东巴和声唱亲情

　　这是一个神奇的民族。这里有神秘的文字，有奇异的民俗，更有被称为"天籁之声"的音乐。让我们走进这里的一个三代歌王之家，感受纳西族同胞的亲情故事。

北京。天安门东侧。中山公园音乐堂。

中山公园音乐堂造型简朴，但规格很高，党和国家领导人经常在这儿观看演出。前不久，来自云南丽江纳西族的一家三代五口人在这里演出了一场纳西民歌专场。演出获得了极大的成功，在京城引起了轰动，他（她）们的歌声被赞誉为"天籁之声"，各家媒体都在显要位置作了大篇幅的报道。笔者观看了演出，并对这个纳西民歌之家进行了采访。

崔健说：这才是真正的歌，我一辈子也达不到这个水平

中山公园音乐堂演出中场休息时，被称为"亚洲摇滚之父"的崔健来到后台，向这一家表示祝贺，特别是向77岁的肖淑莲老奶奶表示慰问。他称肖老奶奶为妈。肖淑莲见到崔健特别亲切，拿出一件亲手缝制的民族服装给崔健穿上。

崔健与肖淑莲的关系非同寻常。

丽江古城吸引着国内外无数的游客。当年，崔健来到丽江，游览于大街小巷。一个夜晚，月光明朗，万籁俱寂，崔健突然听到远处传来仿佛是来自天堂的歌声。那歌声有一种说不出的魅力，使他不由自主地循声而去。在一个古朴的院子里，他见到了正在放声高歌的肖淑莲。年过七十的她唱的是原汁原味的纳西民歌。虽然听不懂歌词，但崔健却被深深感染。他说："这才是真正的歌，我一辈子也达不到这个水平。"从此，他的个人演唱会上，经常会出现一个面容清癯的老奶奶为他助阵，这个人就是肖淑莲。

从来都是独来独往的崔健破例邀请肖淑莲与他同台演出，最现代的摇滚歌声与最古朴的原生态纳西民歌极其和谐地融合在了一起，观众如醉如痴。这再一次说明，艺术有着相同的根。

曾到美国演出一个多月，
受到热烈欢迎

越是民族的，就越是世界的。这句话在肖淑莲、和文光一家又一次得到了证实。2004年，美国方面邀请这一家三代五口到美国参加亚洲艺术节。和文光与妻子携母亲肖淑莲、女儿和秋香（达坡阿玛）、儿子和秋实（达坡阿玻）从丽江赶到成都，但是在签证时却遇到了困难。有关方面觉得这全家出国，是否有移民的倾向？因而拒签。经过反复交涉，才同意去三个人。这样，和文光就与母亲肖淑莲、儿子和秋实上了飞机。飞机在北京落地，然后转飞美国。北京的车多，还没出市区就遭遇堵车。肖淑莲晕车，吐得脸腊黄；及至上了飞机，更是没了一点儿精神。这可怎么办？和文光与儿子就空出一个座位，把肖淑莲上身抱在怀里，让老人躺着休息。14个小时的越洋飞行，父子俩就这样倒替着，一个坐着抱着老人，一个站在过道里甚至卫生间里。此时的和文光心情非常复杂。出国演出是为了宣传民族艺术，宣传中国文化，增强中美友谊，可老人的身体万一有个三长两短，演出不了事小，影响中国人的形象事大，特别是母亲一辈子非常不容易，如果因此而出了意外，太对不起母亲了！

到美国又转乘小飞机。折腾到宾馆，三个人都累得头一挨到枕头就睡过去了。醒来，和文光想给母亲挂挂吊瓶加加能量。没想到美国的法律非常严格，绝对不允许随便打吊针。无奈，

只好让母亲休息了一天。没想到的是，母亲一上台听到音乐，立刻精神焕发，歌声依然是那么嘹亮，嗓音依然是那么圆滑、清脆。古朴的纳西民歌令美国人大开眼界大饱耳福。一个多月的时间，他们一家三代在美国各地辗转演出四十多场，受到美国观众的热烈欢迎。

女儿和儿子：
唱着爸爸创作的歌曲走进大学

年已半百的和文光几乎可以说是纳西族第一代有文化的人。当然，这个"文化"严格地说是"现代文化"，或者说是"汉文化"。他同时也是为数不多的会写古东巴象形文字的人。三十多年来，他以一个普通老师和文化工作者的身份，抢救性地发掘、搜集、整理纳西族原生态民歌，在此基础上，又创作了许多新的纳西族风格的歌曲，如著名的《梦中的香格里拉》、《纳西迎宾曲》、《纳西祝酒歌》等。这些歌曲一经面世，立刻受到纳西人民的喜欢并在当地流行，以至于被许多来采风的文艺工作者当做民歌采集。他也成为纳西族唯一的中国音乐家协会的会员。

他的一双儿女，女儿阿玛从小学习很上进，唱着他创作的歌曲考进了中央民族学院音乐学院，现在云南省文联工作。儿子阿玻则从小顽皮，拿学习不当回事儿。直到姐姐功成名就，他才大梦初醒，发誓要好好学习。在姐姐的帮助下，特别是在奶奶和妈妈的影响、父亲的亲自调教下，他进步很快。和姐姐一样，他也唱着父亲创作的歌曲打动考官，顺利地进入了中央民族大学音乐学院，现在是民族歌舞团中唯一的纳西族歌手。他的歌声热情奔放，非常动人。

外婆、妈妈、妻子，
三代女歌王成就了我

和文光没有上过一天的专业学校，没有受过一天的专业训练，也没有拜过老师，甚至不认识五线谱。可他在整理和创作纳西民歌中获得的成就，却得到认可，甚至引起许多专业音乐家的"嫉妒"。他能取得这样的成就，与他的外婆、母亲和妻子密不可分。他说："是三代女歌王成就了我。"

和文光的经历可以说得上是历尽坎坷。半个世纪前，丽江一带生活条件很差。肖淑莲怀他的时候，丈夫不幸暴病而亡。也就是说，和文光是个遗腹子。他出生后，妈妈和他无法维持生活，只好带他到外婆家。在纳西族人的风俗中，外来的不满月的孩子是不准进村的，否则不吉利。所以，母子俩历尽千辛万苦来到外婆住的村庄后，直到天黑，才悄悄地敲开外婆家的门。后来，外婆就对外人说，孩子已经出了满月了；至于是遗腹子的事，更是瞒得严严的。

和文光是跟着外婆长大的。外婆对他非常好。家中最好的那一份饭总是他的。白天，外婆除了下地干活，做家务，还要织布。那是一种粗布，纳西人穿的都是这种布做的衣服。每天晚上，外婆总要在油灯下打一双草鞋，第二天卖掉，可以得到五分钱。在他渐渐长大之后，有一天，外婆把积攒了许久的钱，给他买了一条裤子。那时，这种裤子叫"西裤"。在村里，就是成年人也没有几个能穿上这样的裤子。和文光舍不得穿，每天打猪草回来，穿上西裤在屋里走几步，然后脱下来，小心翼翼地放好，再去干别的。

有了这条宝贝裤子，他的自卑无形中减少了许多。因为在平

时，他总觉得比同伴们少了些什么：别人有爸爸，他没有。有时他问外婆："爸爸是什么？"外婆不回答，只是暗自垂泪。

印象中难忘的还有一件事，有一天，来了一个二十多岁的漂亮姑娘，见到他就哭了。外婆对他说："快叫妈妈。这是你的妈妈呀。"而他却觉得这人非常陌生。在他心目中，外婆才是他的妈妈。

外婆对他最重要的教育和影响，是他长大以后才感觉到的。外婆是当地最有名的女歌王。她一辈子最大的遗憾，就是没有一个歌手战胜过她，不论是男歌手还是女歌手。她声音嘹亮，歌声能传过好几道山岭。纳西人不论是结婚还是葬老人，都要请人唱歌，而能请到外婆是非常荣耀的事情。在他的印象中，外婆不论是高兴还是悲伤，都用歌声来表达。外婆能连续唱十几个小时。外婆还是上知天文、下知地理、懂得当地风俗的"能人"，村里人有了大事，都请她拿主意。当地的每一棵树每一块石头她都能讲出一个故事。她把她所会唱的歌，都教给了和文光，她把她所有的知识，也都教给了和文光，这些歌和知识成为和文光最大的一笔财富。

妈妈肖淑莲继承了外婆的嗓子，成为第二代女歌王。她也是唱遍百里千岭没遇上过敌手。至今歌声仍是威震八方，直到美国。十岁之后，和文光回到妈妈身边，与妈妈、继父和几个同母异父的弟弟一块生活。继父是个难得一见的好人，非常厚道，视和文光如己出。和文光在这个新的大家庭中生活得很愉快。他读到小学五年级时，被破格保送到师范去就读。其实，作为长子，家中更需要他下地干活，帮助继父撑起这个家。但是继父毫不犹豫地支持他上学，还把家中最好的被褥拿出来给他，并亲自送他到学校。

学成归来，和文光回到家乡当了老师。他利用业余时间，抢救性地搜集整理纳西民歌。妈妈当然地成为他最好的采访对象。妈妈的歌唱了一首又一首，他的本子记满一本又一本。妈妈的歌

有传统的老歌，也有的是即兴而唱。唱的人尽兴，记的人激动。后来，他被调到文化馆工作，热情就更高了。几十年来，这一工作一直在继续。除了从妈妈这儿汲取民歌营养，和文光还走乡串镇，翻山越岭，大规模大范围地对纳西民歌进行搜集。自己民族的瑰宝令他激动不已。他脑海中不时地迸发出创作的激情，于是，一首首新的纳西民歌从他心中流出，从他笔下流出，成为流行全国的歌曲。

至于他的妻子，被称为"纳西族的才旦卓玛"，是新一代的歌王。她在事业上非常支持丈夫，承担起全部的家务，让和文光得以有更多的时间从事自己喜欢的事业。尤其让和文光难忘的是，妻子怀儿子时，和文光得了坐骨神经痛。这是一种很难治愈同时又非常痛苦的病，瘫在床上的他生不如死。一天，妻子决定去寻一位名医的帮助。名医在山的那边，而山很高。而要表示心诚，必须夜里走。和文光不放心妻子，宁可自己死掉也不让妻子和肚子里的孩子有危险，但不能行动的他无法阻止妻子。当夜，风雨交加，电闪雷鸣，和文光望着窗外，想到山高路险，妻子即使不跌下山崖，也可能会被野兽吃掉。黎明时分，满身泥水和伤痕的妻子居然回来了。他激动地挣扎起来，抱住妻子放声大哭。妻子一边安慰他，一边也止不住地抽搐。

纳西情歌探秘

正应了汉族的一句俗话：不是一家人，不进一个门。和文光能与第三代女歌王结成百年之好，其实一点儿也不奇怪，因为纳西族的青年男女是靠唱歌结识、交朋友的。

纳西族人唱情歌是很讲究的。首先是不准在家中唱，尤其不能让晚辈人听见。第二，男女对歌相识相恋，也有着复杂的程序，绝不是轻易能成功的。大致上说，有三个阶段。第一阶段，隔山

或隔谷唱歌。只闻歌声不见人。一个或几个人在这边，异性则在远远的那边。歌声响起来，这边问，那边答。歌词大都是即兴而作，当然是在传统的基础上。真正能完全创作的毕竟是少数。歌词也都非常含蓄。比如：

> 金子做花心
> 银子做花瓣
> 碧玉做花叶
> 变成一朵最美最美的花
> 那就是你
> ……

显然，这是赞美山谷对面的姑娘的。唱呀唱呀，对方的人品、学识都从歌声中流露出来，羡慕和爱恋的意思，也含蓄地表达出来。那些有意的，就进入第二阶段：对唱。对唱就是只两个人"单挑"，可以看到人，但也是隔了一段距离，歌声不一定要分出高下，但对方是不是你想象中的意中人，却是可以看得清的。如果是，才能进入第三阶段。第三阶段不是唱，而是用一种叫做"口弦"的乐器表达心声。有人把这种乐器称为世界上最小的交响乐器。它由三片薄薄的小小的竹片组成，放在嘴边，用舌尖、气流、心语拨动，而心上人要靠近它，才能听得出对方说的是什么。这可就很有点"耳鬓厮磨"的亲密了。

和文光与妻子就是通过这样的三个阶段，百里挑一互相看上眼的。两个优秀的歌手的优秀基因，又传到了儿女的身上。所以，这一家三代五口人的演出才是那么的和谐。独唱、夫妻对唱、婆媳对唱、姐弟对唱、全家合唱，优美的"天籁之声"传达着纳西族几千年的文明，更传达着他们一家浓浓的亲情。

感悟与思考

· · · · · · · · · · >>

　　其实每个家庭都是一个"场"，这个家中每个人的一言一行、家里的一草一木，都在对另外的人有着潜移默化的影响，而且这种影响是长久的、持续的、绵绵不绝的。所以谁也不能逃避维护自己家庭的责任。

　　云南丽江纳西族的这一家人就是一个很好的典范。这一家人不仅代代相传了一副好歌喉，在做人处世上也是互相影响，形成了忠厚善良朴实的家风。和文光不但从外婆、妈妈那里汲取了丰厚的民歌营养，还走乡串镇，翻山越岭，大规模大范围、抢救性地搜集整理纳西民歌，这不仅是出于自己对纳西民歌的喜爱，更是对民族传统文化的责任。和文光对民族瑰宝的热爱和责任源于外婆的博学和威望，得益于母亲的坚强和乐观，更离不开妻子的体贴和支持，而这些优秀的家族品质和个性，又都毫无疏漏地传给了孩子们。在这个大家庭里，纳西民歌是共同的爱好，坚强乐观是共同的品质，所以三代五口人的声音才是那么地和谐动听。"天籁之声"不仅需要婉转动听的歌喉，更需要心灵的默契和情感的共鸣。

　　当下，中国进入了加速发展时期，而一些道德观念、价值观念却在滑坡。就像台湾作家龙应台所说，人本就是散落的珠子，随地乱滚，而文化精神就是那根看不见的强韧的线，这根线可以串起一个和谐温馨的家庭，也可以串起一个和谐安宁的社会。而这安身立命的"线"的重要的一股就是我们几千年传承下来的"孝"文化。

　　当我们都在关注孩子吃得好不好、穿得暖不暖、学得精不精的时候，我们似乎忽视了孩子的精神世界的建构；当我们终于意识到要帮助孩子建构他的精神世界的时候，诵读经典、理论说教，又成了我们喜欢的方式。我们是不是该首先从自己的言行上来引领孩子成长，把自己的家庭建成孩子成长的乐园呢？

纱巾皇后：
愿天下女性都美丽

　　一条小小的纱巾，能显现出轻盈飘逸，展现出千姿百态，衬托出高贵品质，给女性带来美丽和自信。

　　那么，一条轻盈的纱巾能系出多少种花样？三种？五种？十种？二三十种？上海的胥佩娜女士凭借纱巾的380种系法入选基尼斯世界纪录，成为颇有名气的纱巾艺术家。

落榜不落志，锅碗瓢盆和
尿布阻挡不住对美的追求

　　胥佩娜出生于20世纪40年代中期。她的父亲在中国中南银行做事。作为商界人士，他对穿着和礼仪是非常重视的。而作为商界人士的太太，胥佩娜的母亲也特别讲究服饰和礼仪。受父母亲的影响，胥佩娜自小就知道，穿着和礼仪非常重要，是女性美不可缺少的部分。

　　和其他姑娘一样，胥佩娜也有自己美丽的梦想。她的理想是当电影演员。而且，她曾经离实现这个梦想只有半步之遥：1959年，15岁的胥佩娜报考了南京某电影学院，并以优异的成绩入围，但因为家庭出身是商人而无缘踏入校门。那时，像她这样"出身不好"的人即使是当工人也不会分配到较好一些的岗位。明星梦破灭的胥佩娜进入上海某电厂，当了一名电焊工。电焊工非常辛苦，工作环境也非常差，经常要在各种复杂的环境中以各种姿势工作，每天上班，都是一身汗水，一身灰尘。然而，天性执著的她并没有放弃对美的追求。每天，她都是一身鲜亮地上班；下班后洗完澡，换上干净衣服，又是一朵出水芙蓉！

　　即使是结婚生子之后，胥佩娜也没有陷在锅碗瓢盆和尿布中放弃对美的追求。她把小家收拾得干净而且温馨，处处透着时髦。儿子的出生，不但没有捆住她爱美的手脚，反而给她提供了一片创造和展示美的新天地。她开始在业余时间试着为儿子设计衣服。每天，繁重的工作和家务之余，她都在灯下为儿子设计服装，母爱的幸福常常使得她忘记了辛苦。儿子的每一件小衣服，都与众不同，引得朋友和邻居赞叹不已。特别是儿子两三岁时的一件小衣服，更是别致：这件衣服的上衣和裤子通过几个纽扣接成一体，如果尿湿了，不用脱光衣服就能更换湿了的部位，很方

便。而且，由于是做了不同颜色的两套，可以交叉着穿出好几种不同颜色和细节的组合。这是胥佩娜用了好几个晚上设计做成的。这两套小衣服儿子穿了女儿又穿，还远飞到加拿大，给孙女穿呢！

有了女儿之后，胥佩娜设计衣服，更是乐此不疲，常常为了创造一个新的款式而忙碌到深夜。如果说，儿子是骄傲的小王子的话，女儿就是漂亮无比的小公主！每天早上，儿女的服装都是新样式的。胥佩娜的一双儿女，成为当地（后来是学校）一道亮丽的风景。

钱被偷，被迫给人家打工；
受攻击，心灰意懒要轻生

爱美之心，人皆有之。先是朋友和邻居请胥佩娜设计和做衣服，后来单位的同事和同事的朋友也请她设计衣服。她的名气渐渐大起来，甚至报上也开始报道她的事迹。于是，20世纪80年代中期，有一家工厂就邀请她担任设计师，并且给了她两千多元，让她去买布料。那时候过黄浦江还要轮渡。由于天天夜里搞设计、做衣服，胥佩娜有些累，在轮渡上竟然睡着了，结果到了商店，才发现钱包被偷了。胥佩娜一急，浑身都是冷汗！那时候的两千多元可不是小数目。她觉得天都塌了。急忙向厂家告以实情。但对方不相信，怀疑她把钱据为己有了，叫她赔。她哪有这么多钱？赔不起。最后对方"网开一面"，说："你也不要赔了，你就给我白做半年的设计，两顶了吧。"无奈之下，胥佩娜只好答应。吃了这个哑巴亏，还不能对孩子们说，因为孩子很懂事，如果知道妈妈丢了钱，就会伤心，还会这个不吃、那个也不吃了，

千方百计帮妈妈省钱。

有委屈，只好对着丈夫说。

但丈夫不但没安慰她，反而埋怨："我早就跟你说，不让你出去干事情，你不听，现在你看，给你颜色看了吧？我们老老实实呆在家里，有多少钱就过多少钱的日子，喝粥就喝粥，吃咸菜就吃咸菜，别出去做事好不好？没钱不照样过日子吗？"

平心而论，丈夫的话也不无道理。周围的多数人，不就是这样过日子吗？可胥佩娜那颗心，就是不能安分下来，她不甘心平庸地过一辈子。她眼前总是飘飞着五彩的花朵，睡梦中都是各种款式的衣服，各种纱巾的系法。她总觉得，女人就应当是完美的，让天下的女性都打扮得非常得体，非常漂亮，是自己的责任。

由于胥佩娜设计的衣服款式好，一些电影明星也找她设计服装，请教纱巾系法。渐渐地，她与秦怡、张瑞芳、王丹凤等都有了交往。从她们身上，胥佩娜也学到很多东西，受到很多启发。她的追求更高了，不知不觉中，气质也更高雅，愈发地鹤立群鸡了。于是，各种非议也纷至沓来，什么"资产阶级思想"呀、搞"奇装异服"呀，甚至还有更难听的，有的，纯粹是无中生有，人身攻击。在一连串的打击下，胥佩娜情绪非常低落，甚至一度产生了轻生的念头。

关键时刻，
儿子的信使她扬起生命的风帆

在胥佩娜最消沉的日子里，远在哈尔滨工业大学读书的儿子童箭寄回家一个包裹。胥佩娜打开，看到的是儿子的一件衣服。这是怎么回事呢？衣服里夹着的信给出了答案：

亲爱的妈妈：我穿着这件衣服参加学校校园会，成为全校男生中最漂亮的白马王子。当我告诉大家，这是妈妈亲自为我设计并亲手制作的时候，大家都一起鼓掌，美慕我有一个这样有品位有才艺的妈妈。妈妈，你是我心中最伟大的母亲，我和妹妹非常敬重你、感谢你，为有你而觉得自豪。你要比别人活得更美，你要穿得比别人更漂亮，你要为我们更加好好地活着。

儿子的信，令她泪眼婆娑。未及读完，泪水已打湿了信纸。一双儿女是她的最爱。是呀，她怎么能够抛下这么可爱的儿子和女儿去寻短见呢？

儿子童箭和女儿童音，从小就是她的骄傲，也是她的模特，小衣服穿出去，总引来一片赞扬。她，以一个雕塑艺术家的态度来培养和教育儿女，造就他们内心的美：心地善良、刻苦学习；造就孩子外表的美：穿着入时，行为得体。两个孩子也特别懂事。女儿上小学时，把爸爸妈妈让她买冰棍的钱攒起来，给妈妈买了一本厚厚的服饰方面的书，把妈妈感动得不得了。相比之下，儿子为她做得更多。那一年，江南发生水灾，胥佩娜带领服装模特队前往义演，儿子陪着她。回来的路上，胥佩娜不小心摔了一跤，儿子用手捂着妈妈的伤口，一路不松开，为的是为妈妈止住血。同行的人都夸儿子懂事、孝顺。

出书、打官司，
祸与福的辩证法

胥佩娜出版第一本个人专著，曾遭遇到不大不小的尴尬。

那是胥佩娜出名之始，某家电视台的某个导演为她拍了一个

纱巾艺术专题片，介绍了她创造的250种花样。节目播出后反响很好。这一天，导演找到胥佩娜，说："我想再出一本书，你同意吗？"这样的事，高兴还来不及呢，胥佩娜当然同意。导演问她有什么要求，胥佩娜说："没什么要求，只要书上有我一个名字就可以了。"于是，她把自己的相关资料全部提供给了导演。过了一个多月，童箭回家说："妈妈，我在书店看到一本书，是你关于纱巾的系法，可是书上没有你的名字。"

胥佩娜愣了一下，眼泪唰一下就流出来了。为创造这250种丝巾系法，自己动了多少脑筋，吃了多少苦，熬了多少个不眠之夜，画了多少张设计图纸，多少次对着镜子试验，数都数不清了，为了买资料，甚至舍不得吃舍不得用，却一下子全部成了别人的成果，她能不伤心吗？

律师来了，说如果胥佩娜出5000元钱，就可以帮她打官司。5000块钱，就像是一个天文数字。她拿不出，也没这个精力。

最好的办法是自己另外出一本更好更全的书。那时，电视台每个星期六都在播放胥佩娜的纱巾系法。各个出版社都知道胥佩娜的事迹。跑到第六家，上海科技出版社表示同意出版，并且给她5000元钱，让重新拍照，尽快把书稿和图交到出版社。胥佩娜非常高兴，回家赶紧让儿子重新绘图，重新配照片。那时候社会上还没有专业的模特，童箭与妈妈在街上转，看到漂亮的姑娘，就礼貌地对人家说："姑娘，你好！这是我妈妈，是研究纱巾艺术的，要出一本专著，邀请你做模特。如果你同意的话，拍照之后，当场给你10元钱，出书后再给你寄一本书。"童箭风度翩翩，举止得体，很有美人缘，多数漂亮姑娘都欣然同意。

书顺利出版了，很漂亮，比那本冒名出版的，要高档得

多。胥佩娜总算是找回了一点平衡。这也算是坏事变好事吧，因为此前，她并没有出书的打算。

然而，福兮祸所依。不久，胥佩娜就吃了官司。

书出得漂亮，销得也好，一再重版。1991年的一天，有家杂志的编辑找上门来，说胥老师，你挑几张好看的围纱巾的照片，我拿回去挑一下，在杂志上登几幅，行吗？那时，胥佩娜正沉浸在出书的成功中，有几分被胜利冲昏了头脑，觉得这是好事，就给他们挑了一批。几天后，这8张照片全部登出来了。结果，一个女孩子看到杂志，说侵犯了她的肖像权，把胥佩娜告上法庭。传票送到手上时，胥佩娜如五雷轰顶。后来法院做了工作，对方同意庭外调解。一向安分守己的胥佩娜不敢进法院，是儿子童箭陪妈妈走进法庭。调解的结果是给了姑娘一点经济补偿。这也给胥佩娜一个教训，再请模特，杂志再要照片，一定要白纸黑字签合同！

美的真谛：
内心要善良、丰富

在书中，胥佩娜的女儿也是重要的模特之一。这个懂事的女儿，还有一段令妈妈揪心的故事。

女儿童音从小被查出患有先天性心脏病。医生说如果不做手术，活不过16岁。胥佩娜的心情可想而知。然而，看到同病房的一个小患者手术失败，胥佩娜作出了痛苦的决定：不做手术。哪怕只能活到16岁也认了，至少先赚个全尸！生活中，她当然是全力呵护女儿，让女儿适当地锻炼身体，同时，不给女儿心理上任

何的压力。女儿一直快乐地成长着，而且一直没有表现出心脏病加重的症状。女儿学的是医，可是她学成之后又不想当医生，因为医生面对的都是痛苦的面孔。她异想天开地想当空姐，吸引她的是蓝天白云，还有异国风情。于是，她瞒着妈妈去报考东方航空公司。报考要交一大笔钱，不方便向妈妈要，哥哥就替她交上。考航空公司不但要笔试、面试，看身材、相貌、礼仪，更特殊的是，还要坐在一个特制的椅子上转几百圈，很多姑娘过不了这一关，头晕、呕吐。而童音却一点不适的感觉也没有，一路过关斩将，如愿当上了空姐。

知道这个消息，胥佩娜是惊讶大于喜悦。女儿不是有先天性心脏病吗？怎么能通过这么严格的考试呢？带着疑惑，她领着女儿到医院检查，结果是心脏一切正常。20多年来，压在胥佩娜心头最大的石头终于搬掉了。当初，为给女儿治病，她晚上给医生和护士做衣服，以沟通感情，使女儿得到精心的治疗。她觉得这是上天对她辛劳付出的最大回报。

同时，胥佩娜也产生并坚定了一个信念：万一身体有什么不舒服，不要过于担心。只要调整好心态，注意保养，适度锻炼，正确求医，慢慢就会好的。

如今，儿子童箭在加拿大经商，女儿童音在东方航空公司培训空姐，是个不大不小的负责人。一双儿女如她所愿，不但成人、成才，而且爱美、懂美，是美的使者。

回顾半生的历程，回顾研究服饰40多年的经历，胥佩娜最深的体会是，当你内心变得非常善良、丰富，会感受美，并且教给别人什么是最真的美的时候，你自己就会变得特别的美。

感悟与思考 >>

　　生命如花。如花女子胥佩娜，以她执着的奋斗、智慧的心灵、灵巧的双手让自己的生命之花美丽地绽放。

　　胥佩娜是幸运的，坚强与执著之后，她终于打开了自己的人生之路，获得了事业上的成功。这条路上，虽有泪水，她却最终拥有了掌声；虽有艰难，她却最终获得了成功；曾遭诋毁，她却最终赢得了靓丽的人生风景。而如今的胥佩娜，幸运的不只有事业，不只有自己，更重要的是还有一双已经成才的好儿女。

　　胥佩娜是幸运的，有一对好儿女，生命暗淡时，儿女唤起她前行的希望；她的两个孩子也是幸运的，他们有一个可敬可爱的母亲。而最难得的，却是他们一家一路坚定的相互关爱。人生总有风雨，爱是最坚强的后盾。有了这份难得的关爱，生活就可以温馨、从容。这最真挚的亲人之间的相互关爱，是生命对人生最宝贵的赐予。

　　亲人的嘱托与期待，亲人的鼓励与信任，亲人的关切与理解，让生命穿越阴霾，走近理想。以亲人的姿态走进生活，走近朋友，走近生活中与我们相遇的有缘人，生活，必定处处春光。

　　反思以往的生活，以亲人的爱来善待生命中的有缘人，我们的生活必会越来越美。生活中你是否会因为忙碌而粗心，因为烦躁而粗暴，因为冲动而失态，从而没有始终如一地坚守心中那一份"亲人的爱"呢？我们应该从胥佩娜及其儿女的身上学习些什么呢？

女儿是父母的小棉袄

　　陶虹是当今最红的明星之一，她的作品可以说是数不胜数。电影《阳光灿烂的日子》、《美丽新世界》（她获大学生电影节最受欢迎女演员奖）、《说好不分手》（她获百花奖最受欢迎女配角奖）都是经典一类；电视剧《春光灿烂猪八戒》（民间最受欢迎作品）、《空镜子》（她获第23届飞天奖最佳女主角奖、第20届大众电视金鹰奖最受欢迎女演员奖）、《春草》（她被评为2009年东南影视风云榜最受欢迎女演员、北京影视盛典最受欢迎女演员）播出时都引起轰动。她的座右铭是：快乐不是别人给的，只有自己能让自己快乐。让我们走近陶虹，感受生活中的她……

清纯率真，出水芙蓉

如夏日荷塘，如深山飞瀑，陶虹给人的感觉是那么的清新、率真、淳朴、自然。

小时候，陶虹在上海读小学。后来她被一位体操教练看中，进了体操队。妈妈心痛女儿，赶紧把她转学到北京，以为从此可以避开体育。没想到暑假里，因为父母都上班，没人看孩子，就让她去体委报了个花样游泳班学着玩，谁知竟被花样游泳队的教练一眼看中，最终进了北京市花样游泳队。任何一项体育活动，玩玩都有趣而且轻松，但要作为专项训练，要比赛拿名次，就得付出汗水和泪水。女儿还没叫苦叫累呢，妈妈却心疼了。每到星期天，妈妈总是变着花样给陶虹做各种好吃的。星期一早上，给陶虹带上5个大苹果、5份红烧牛肉去训练，这是妈妈给陶虹增加的一周的营养。

陶虹读初中一年级时，妈妈偷偷把她领回了家。因为女儿学习成绩一直很好，完全有可能考上名牌大学。教练舍不下这棵好苗子，三番五次上门做工作。父母无奈，就说："让陶虹自己决定吧。"陶虹那年11岁。她把自己关进卫生间，思考了大约半小时，出来，一脸坚毅地对教练说："我跟你回去。"教练乐了。妈妈恼了。还是爸爸比较开明，说："可以，这是你自己的决定，你要对自己的选择负责。"

陶虹在花样游泳队一呆就是十年。这期间她非常出色。从1987年到1992年，先后获得第六届全运会集体亚军，全国锦标赛单人第三名，第十届世界游泳锦标赛花样游泳集体第六名，世界杯花样游泳赛集体第五名，全国冠军赛集体冠军、双人亚军。

　　从运动员到影视明星，陶虹的转变也充满着传奇。本来，她是陪着女友去剧组试镜，却不料被姜文一眼看中，并出演了姜文执导的电影《阳光灿烂的日子》，一炮走红。这激起她转行的欲望。做事，就要做到最好。她决定报考中国戏剧学院。由于从小练体育，文化课上得不系统，陶虹就突击补习文化课，参加了考试。到底能不能考上，她自己没有太大的把握，父母心中更没有底。妈妈安慰女儿："咱们紧张什么呢？不是有自费生么？实在考不上，咱们就读自费的。"家中的经济状况陶虹清楚，自费生高额的费用要使妈妈多付出多少汗水呀！她非常感动，就用撒娇掩饰："妈妈，你对我就那么没有信心吗？"

　　当拿到录取通知书后，妈妈非常兴奋，猛一下抱住了女儿。长这么大，这是妈妈第一次拥抱女儿。这些年来，妈妈总是严厉多于温情，批评多于表扬。每当陶虹取得一点儿成绩，还没来得及沾沾自喜呢，妈妈的告诫就来了。所以，这次突如其来的拥抱过后，母女俩竟都感到有些不太自然。

　　走上演艺之路的陶虹，充分地展现了她的表演天赋，先后在话剧《狂飙》、《圣水》、《坏话一条街》，电影《阳光灿烂的日子》、《黑眼睛》、《美丽新世界》、《天使不寂寞》、《红色小提琴》，电视剧《春光灿烂猪八戒》、《中华第一保镖DD杜心武》、《空镜子》、《最后一个帝王之家》、《香港的故事》、《康熙微服私访记》、《离婚》、《夜深沉》、《梦开始的地方》、《保姆》等剧中出演，并获得国内外多个大奖。

　　名气大了，而陶虹率真的性格、简单的生活方式和孝亲敬老关心他人的热心肠却一点儿也没有改变。说到当演员与从事体育运动的区别，陶虹说："当运动员的时候，我们憋着劲，等上一年两年甚至许多年，就为了比赛那天像花儿一样绽放。大多数时候，一年只有一次锦标赛，我会把积累的最好的东西，在这一天统统表现出来，花开一次就谢。当演员呢？天天都要开花，而且

开的都是些假模假样的塑料花。一开始，我真的不适应。"

进入演艺圈这么长时间以来，陶虹很少以浓妆艳抹的明星妆出现。她甚至不喜欢逛街，一看到商场里成排的衣服架子就头疼，想回家睡觉。

孝敬父母，关爱老人

和先生徐铮结婚后，两人的小家安到了上海。但为了照顾爸爸，她却长期住在北京。而徐铮也是个孝子，要留在上海照顾自己的妈妈。这样，一对相爱的人只好两地分居。只有在上海拍戏期间，陶虹才能与先生和婆婆相聚。陶虹与婆婆相处得非常好。有一次，婆婆外出旅游，临回家时，陶虹给婆婆打扫好了房间，还在婆婆床头上摆了一束鲜花。婆婆回家看到非常感动。婆婆身体不适，在医院打点滴，陶虹天天陪着。每次陶虹离开上海，婆婆都舍不得。而不在上海的时候，陶虹也经常与婆婆联系。有一次，她在外景地拍摄，就给婆婆发了张照片，并附了短信问候婆婆。不一会儿，婆婆给她回复了短信，说她们老年时装模特队正在排练。婆婆也给陶虹附了一张现场排练的照片。陶虹拿给同事们看，大家都非常羡慕。

对婆婆尚且这么孝敬，对父母就更是上心。前几年有一次，爸爸突然生病，全家人都吓坏了，半夜送爸爸到医院。医院要5000元押金，因为走得急，全家人都没带钱。就在此时，有个

护士认出了陶虹，问她："你是那个演电影、电视剧的陶虹吗？"得到肯定的回答后，护士为陶虹开了绿灯，免了住院押金。

毕竟年轻，拍戏又累，晚上陪床，陶虹竟睡着了。醒来，爸爸吊针回血，都快回到药瓶里了，爸爸的手背肿得像个馒头。陶虹非常内疚，爸爸却说没什么。早晨告别爸爸时，从房门的上窗往里看，爸爸正笑着向她招手，陶虹也笑着向爸爸招手，可转过身，她的眼泪就洒在长长的走廊里。

那一阵，爸爸的病很重。陶虹与妈妈轮流陪床。有一天，妈妈忧心忡忡地对她说："唉，你爸爸可能住不上你买的房子了。"听了这话，陶虹心如刀绞，抓紧凑集所有的钱交付了买房的首付。为了装修房子，她接了一部本来并不太愿意接的戏，一边拍戏，一边预支片酬装修，在最短的时间内让爸爸妈妈搬了进去。

随着年龄的增长，陶虹越来越感觉到，对于老人，最重要的不是物质上的满足，而是让老人快乐，满足老人精神上的需求。只要有时间，她就陪父母说话，与妈妈一块到超市购物，在琐碎的话题中，倾听老人的诉说，与老人交流。

妈妈喜欢跳舞，而陶虹喜欢清静，但陶虹却总会想办法满足老人的需要。有一天，她难得休息，但还是提出第二天早晨跟妈妈一起跳舞去。妈妈特别高兴，第二天早上6点就带着陶虹到了公园。由于来得太早，舞伴们还都没来，妈妈就兴致勃勃地领着陶虹在公园转：这儿是我们打太极拳的地方，这儿是我们跳舞的地方，这儿是唱歌的地方。舞伴们陆续来了后，妈妈一脸幸福地向大家介绍："这是我女儿，陪我来跳舞呢！"陶虹看到，所有人都向妈妈投来羡慕的目光。

父母榜样，铭记在心

作为一个演员，陶虹可谓是见多识广，认识的人也非常多。但她说，在所有认识的人中，她的父母亲是最淳朴、最真实的，从来没有过歪心眼，从来不在背后说人的闲话。这对于陶虹的人格成长影响非常大。

陶虹的妈妈15岁时，响应党的号召，只身从上海来到北京，支援北京建设。拿到第一个月的工资，非常高兴，马上寄回老家去，连自己的生活费都没留。因为，当时陶妈妈家中还有一个弟弟正在上学，哥哥生活也比较困难，家里的老父亲老母亲更要靠她养。对此，陶妈妈毫无怨言，一直把赡养老人、资助兄弟姐妹当做自己的责任。三十几块钱的工资，给妈妈10块、哥哥5块、弟弟5块，最后自己剩十几块钱。

陶虹第一次发工资是48元钱。教练替她们存起了40元，每人只留8元钱零花。陶虹拿着这8元钱出门，到商店里看了半天，给爸爸买了包烟，给妈妈买了一盒藕粉，花光了。类似这样的例子，举不胜举。

感悟与思考 >>

众所周知，"孝道"是中华民族一直传承的一种美德。不仅如此，"孝道"更是一种生活态度、一种责任。如果一个人缺乏对父母的孝顺之心，必然会令生养自己的老人伤心。每个人都应该学会孝顺父母，尤其是现在的青少年。

故事的主人公陶虹不仅通过不懈的努力取得了事业的成功，更重要的是对父母和公婆都尽心尽力。为了照顾老人，奔波于上海与北京两地；为了照顾住院的父亲，彻夜陪护在病房；为了让母亲开心，陪母亲跳舞；对婆婆更是关怀备至。在陶虹的成长过程中，父母的榜样力量是无穷的，在潜移默化中，她养成了孝敬老人的好品德。陶虹的故事让我们懂得，"孝道"是一种情感，一种人生境界。常存仁孝心，则天下凡不可为者，皆不忍为，所以孝居百善之先。

掩卷深思，通过陶虹的故事，你受到了什么启示？你认为应该对孩子怎样进行"孝道"教育？

17岁的秘密

　　17岁，对于许多青少年来说，还是向爸爸妈妈撒娇的年纪，还是早上需要父母叫起床、要父母催着穿衣服的年纪；可是有这样一个青年，却早早地承担起了照顾弱智、聋哑并有癫痫病的妈妈的重任，而这一切，他是瞒着所有人做的，如果不是班主任（上图右一）细心，也许我们至今不知道他的秘密。

班主任跟踪，
揭开一个惊天秘密

　　洞庭湖和岳阳楼因范仲淹的《岳阳楼记》而名满天下。而今，这里一位青年孝子的故事又感动了无数的人。陶星（左页图右二）是湖南省岳阳县三中17岁的男学生。这是一个典型的阳光男孩，喜欢运动，乐于助人，是一名公认的品学兼优的学生。但这一阵，他的行动突然变得有些诡异：偷偷溜进超市，买卫生巾！班主任张国兵老师听说此事，开始是不信，但因为不止一个同学发现此事，终于引起了他的重视。他亲自到校门口的超市去调查。老板娘说，是有个男孩每个月都来买卫生巾什么的。于是，张老师开始留意陶星的一举一动。而就在这时，陶星却突然找到了他，强烈要求搬出学校的宿舍，理由是为了更好地学习，他想到镇上的亲戚家里去寄宿。在陶星的再三恳求下，张老师勉强同意了。可是让张老师万万没有想到的是，自从陶星搬出学校后，陶星的行为变得更加反常，特别是下课放学的时候，跑得像箭一样快，而且脸上常常带着着急、紧张、担心、害怕的表情。他跑出去干什么呢？他真的是住在亲戚家里吗？联想到陶星近期一连串的反常行为，张老师感到必有隐情，于是他决定悄悄地跟踪陶星，到陶星的住所看个究竟。

　　陶星完全没有意识到老师跟踪他，一路跑得飞快。张老师怀着复杂的心情紧随其后。可是，当他来到陶星住所时，眼前的一幕把他惊呆了：一间空空荡荡的房子里，几乎没什么家具。陶星正在洗菜，准备做饭。床上半躺着一个中年妇女，那是陶星的母亲。但当张老师为自己的贸然来访致歉时，才发现面前的这位中年妇女目光涣散、说话语无伦次。

　　陶星到底生活在一个怎样的家庭中？张老师的思绪在碰撞到中年妇女迷离的眼神时戛然而止……

原来，陶星的妈妈先天聋哑、弱智，生陶星后又患上癫痫，生活完全不能自理。3年前，陶星的父亲患胃癌去世后，照顾妈妈的责任就落到陶星和姐姐身上。前不久，迫于生活的压力，陶星的姐姐到深圳打工去了，陶星就独自承担起了照顾妈妈的重任。考入高中后，学校离得远了，陶星无法回家照顾妈妈一日三餐，于是姐弟俩就商量，把妈妈送到养老院。经过多次恳求，养老院的院长总算同意接受这位特殊的病人。利用暑假的机会，陶星陪妈妈在养老院里住了一段时间，还算正常，陶星觉得这里很适合妈妈，他终于可以放下心来专心读书了。没想到开学后，陶星的妈妈每天都站在院门口张望，情绪很不稳定，常常大吵大闹。院长下了逐客令。无奈之下，陶星在学校附近租了房子，一边读书一边照顾妈妈。

真相大白，张老师非常感动。陶星的事迹在学校迅速传开。随着越来越多的人关注陶星，关于陶星和他的妈妈、陶星一家的故事，也被越来越多地揭示出来。

他和姐姐郑重地点点头，
向父亲承诺，
一定照顾好妈妈

陶星的父亲从小很不幸，一岁时父母双亡，成了个孤儿，童年和少年、青年都充满着辛酸。后来他到一家学校的食堂做工，他很珍惜这份工作，工作很刻苦、很认真。有好心人看到他三十多岁了还是光棍一条，就张罗着帮他成个家，但因为他条件差，说了好几个都没成，后来就有人介绍了一个十七八岁的姑娘。这个姑娘不但聋哑，还有些弱智。虽然已经是三十出头了，但这个大小伙子也不愿意找这样一个人做妻子。但是这个姑娘在看人上却

不那么弱智，她一天到晚地跟着他，他干什么她就陪在旁边，他到哪儿她就跟到哪儿。这一跟就是好几个月。大小伙子终于被感动了，就与这个小他十几岁的聋哑姑娘成了亲。结婚后，丈夫对她疼爱有加，像照顾婴儿一样照顾她，她也为丈夫生下一儿一女两个孩子，就是陶星和他的姐姐。不幸的是，在生陶星时，她又落下了癫痫病。

虽然妈妈有癫痫病，但总算是一个完整的家。有父亲任劳任怨地照顾着妈妈，陶星与姐姐可以专心读书，陶星的姐姐一直读完大学。可是，就在陶星14岁的时候，父亲因为胃癌不幸离开了人世，留下了患有癫痫病、仅有婴儿智力且又聋又哑的母亲，和因盖房子而欠下的2万元的债务。从此，生活的重担就压在了陶星姐弟俩稚嫩的肩膀上。病重之际，父亲拉着陶星的手说："我死后，你们一定要好好地照顾妈妈，不要嫌弃你们的妈妈。她虽然这样，但毕竟是她生了你们、养了你们，也爱你们。"从小，陶星就看到爸爸无微不至地照顾妈妈，在妈妈不犯病的时候，也感受到妈妈的爱。他和姐姐郑重地点点头，向父亲承诺，一定照顾好妈妈。

我这一生，
也许不能做出什么惊天动地的大事，
但至少要做一个有爱心、懂义务、
乐于奉献的人

最早知道陶星辛苦的，是房东。房东感慨地说，没想到有这么懂事、这么能吃苦、这么孝顺的孩子。为此，他主动提出，少收房租。

陶星的事迹传开以后，有一次，一位老师给陶星买了一些排

骨。陶星家从来没有吃过排骨，陶星不会做，老师就教他做熟。吃饭的时候，陶星把排骨全放在妈妈跟前。妈妈狼吞虎咽地吃着，一块，又一块，陶星接过妈妈啃过的骨头，细细地吃残存的那一点点肉，吃得有滋有味。这一幕，令老师流下了眼泪。陶星却很自然地说：妈妈有病，需要营养。

为了照顾妈妈，陶星每天早晨比一般同学要早起一个多小时。先做饭，再给妈妈穿衣、洗脸。如果妈妈尿了或拉在了床上，那就得赶快换洗。喂妈妈吃饱饭，把妈妈安顿好，陶星匆匆吃几口饭，再三叮嘱妈妈注意安全，像哄孩子一样嘱咐妈妈乖乖在家里呆着，他很快就会回来，然后往学校跑。因为，他留给自己上学路上的时间极少。

在学校里，陶星并不能集中起全部的精力学习。他的心思随时都有可能开小差。因为妈妈的病犯起来非常可怕，不论在什么地方、正在做着什么，会突然像一扇门板一样倒下去，如果倒在平地上还好一些，如果倒在硬地上，特别是有台阶的地方，就会跌伤。妈妈的身上总是旧伤未好，新伤又起，令陶星心疼不已。

晚自习后，陶星一天内第三次回到家，时间已经是将近十点了。他先帮妈妈洗脸、刷牙，然后洗脚。妈妈并不能像正常人那样讲卫生，昨天新换的干净衣服，如今已经泥泞不堪，脚上也沾满了泥土。他把妈妈的脚仔仔细细洗干净，就连脚趾缝都细心地抠干净。哄妈妈睡着后又跑去洗妈妈换下来的衣服，等洗完衣服已经晚上1点多了。这时，他才能安心地学习一会儿。

睡觉对于陶星来说，也并不轻松。因为怕妈妈摔伤，他总是与妈妈同床而眠。特别是冬天，妈妈总是把被子蹬下地去，怕妈妈冻着，他总是把妈妈的脚抱在胸前。就算是夏天，他也与妈妈同床，因为妈妈半夜如厕时，总是要把他打醒，陶星得先开灯，妈妈才起床。如果遇上停电，妈妈就尿或拉在床上。如厕还存在危险性，如果跌倒，弄脏身子还是其次，更多的时候是跌伤。

　　如果我们把陶星的不容易仅仅理解为辛苦，那就差得太远了。

　　不知道别的癫痫病患者是不是也这样，陶星的妈妈常常在夜里犯病。症状是：抽搐，脚有时候一弹一弹抽搐（这时，由于妈妈的双脚被陶星搂在怀里，他会马上惊醒），眼睛翻白，口吐白沫，牙关紧咬，而且，经常把舌头咬出血。为了不让妈妈咬伤舌头，陶星都是尽可能在第一时间把自己的手伸进妈妈的嘴里，以此来减轻妈妈发病时的痛苦。有时候，妈妈一夜发病两次，早上陶星到校时，两只眼睛就会红红的，手上伤痕累累。

　　妈妈还有许多难以言说的麻烦：要洗澡，还要来月经。爸爸在时，这些都由爸爸做。爸爸去世后，由姐姐来做。姐姐到深圳后，就只有陶星来做了。一开始，陶星也觉得有些别扭。可是，想到爸爸和姐姐的嘱托，想到妈妈生自己养自己，他也消除了心理的障碍。

　　更令人难以想象的是，陶星还要替妈妈道歉。妈妈常常控制不了自己，对着路人、邻居大喊大叫，甚至拿砖块扔人家，难免吓着人家甚至打伤人家。这时，陶星就要上门去向人家道歉，说明妈妈有病，请求人家原谅。

　　换洗拉尿的被褥和衣服，喂饭，洗澡，陪着上厕所，甚至替她到邻居家道歉，陶星与妈妈的地位完全颠倒了。现在，陶星是大人，妈妈是孩子，有时甚至是婴儿，一个体重100多斤的婴儿！而且是一个很不懂事、经常惹事、很不令人省心的孩子！陶星必须时时地顺着她，哄着她，稍有不慎，妈妈就会把鞋子脱下来，躺在地上打滚，哭闹。还时不时地，给陶星增加些意想不到的麻烦。

　　比如，陶星洗好晾在院里的衣服，妈妈会再扯下来洗。但她又不懂得放多少洗衣粉，一下子就倒进大半袋。陶星回家，既为妈妈想为自己分担家务而感动，又心疼洗衣粉，就比划着告诉妈妈：咱们家没钱，洗衣粉要省着用。妈妈似乎能明白，但下一次，还是一下子倒进大半袋子。

　　相比之下，这是妈妈所犯的最小的错误。

因为病，妈妈经常莫名其妙地发火，抓住陶星就拼命地打。这时的陶星，不挣扎，也不逃脱，而是让妈妈尽情地打，直到妈妈打得累了放手。有一次老师见他浑身是伤，惊问怎么回事。因为妈妈的病情老师已经了解，陶星就向老师坦言是妈妈打的。说着，17岁的他禁不住流下了委屈的泪水。老师心疼地说："那你为什么不跑哇？"陶星说："不能跑。妈妈若是发泄不完，会躺在地上哇哇大哭，闹腾得更厉害，那样会更麻烦，也许今天我就不能来学校了呢。"

2007年2月27日晚，陶星像往常一样回到家中，但是他突然发现母亲不在了！

陶星愣了。妈妈虽然痴呆，但从来不会乱跑，特别是在夜里。那么，妈妈怎么会不见了呢？他想到妈妈的病，一种不祥的预感笼罩住了他，他疯了似的跑出家门，逢人就问见没见过他的妈妈。没有人见过。旷野一片漆黑。陶星又急又怕，他忘记了妈妈是聋哑人，大声地呼喊着："妈妈！""妈妈！"这是陶星自懂事后第一次叫妈妈。此刻，他多么希望妈妈能够回答一声。

在空旷的夜里，无助而孤独的陶星深一脚浅一脚地跑着，喊着，完全是下意识地，他沿着一条平时不太走的路找去。他不能停下奔跑，也不能停下呼喊。那是他唯一的力量，唯一的支撑。

突然，和着呼呼的风声，前方传来一种哇哇的叫声。那是一种令陶星沉迷、令陶星陶醉的声音。一时间，他不敢相信自己的耳朵。他停下脚步，强按住激烈的心跳细听，那声音却是越来越真切了。

"妈妈！"他大叫一声，朝着那声音冲过去。

真的是妈妈！她躺在一个池塘边的泥地里，起不来了，急得哇哇乱叫。拉起母亲，陶星搂着母亲大哭，母亲也哇哇大哭。哭完，母亲胡乱比划着什么，对陶星诉说。陶星与妈妈交流，用的是父亲与母亲交流时用的不标准的哑语。但这次，陶星不知道妈妈"说"的是什么，他只是为终于找到了妈妈而欣喜。这时，已经是凌晨两

三点钟了。

后来陶星才突然明白，妈妈是想姐姐了，去找姐姐，因为上次姐姐回家，他与妈妈就是从这条路去长途汽车站接的姐姐！

这样的事情，不止一次。每次找回妈妈，陶星总是庆幸不已，也后怕不已。

问陶星为什么这样尽心尽力地照顾妈妈而无怨无悔，陶星说，妈妈虽然疯疯癫癫，不能说话，也听不到别人说的话，但神经正常的时候，也知道疼孩子。陶星记得，小时候，别的孩子欺负他，妈妈会跑过来，高扬起手，哇哇地叫着，把别的孩子吓得一哄而散，这时候，陶星觉得妈妈特别伟大。直到现在，邻居们有时给她块糖，或者一块点心，她都会拿回家，等陶星放学回家给陶星吃。有人来家，妈妈总是比划着，很骄傲地告诉人家，她的儿子在学校读书，她还有个女儿，比儿子高，很漂亮，在很远的地方做工。

陶星说，我这一生，也许不能做出什么惊天动地的大事，但至少要做一个有爱心、懂义务、乐于奉献的人。妈妈在人世间的一天，就是我为母亲尽孝的一天。只有这样，我才能告慰父亲在天之灵，才能对得起生我养我的苦命的娘亲。

附记：

本文写成不久，班主任告诉记者一个极不幸的消息：陶星的妈妈因癫痫病突发，跌入池塘溺水而亡。陶星处于极度悲伤和自责之中。学校的老师、团组织正极力安慰陶星。闻此，我们也叹息不已。我们对于陶星母亲的去世表示沉痛哀悼，向陶星和他的姐姐表示最亲切的慰问。希望他们节哀，保重身体，尽快振作起来，走好自己今后的人生之路。

感悟与思考

>>

一家青少年研究所曾经对几个国家的部分高中学生作了一次"最受你尊敬的人是谁"的问卷调查。调查统计：日本学生最尊敬的人第一是父亲，第二是母亲；美国学生最尊敬的人第一是父亲，第三是母亲；中国学生，第十是母亲，第十一是父亲，父母亲都没有进入前九名，落在很多明星的后面，实在引人深思。

时下"家庭孝教"已经渐行渐远，父母得不到爱与敬，甚至得不到"养"者，还不是个别现象。这不只是某些家庭的悲哀，也是我们这个民族的悲哀。可是陶星用自己的行动给我们一粒希望的种子，他的既疯且病的母亲对他所做的一切可能不及常人母亲的千分之一，而他回报给母亲的又怎能是当今这些"小皇帝"、"小公主"们，甚至是我们这些成年人所能比的？读完陶星的故事，心中涌动的不仅是感动，更多的是沉思，更多的是震撼，更多的是心疼！小小年纪的他过早失去了应该的享受，小小年纪的他承受了太多不该承受的事，然而在他身上表现出来的责任和孝心却是我们的教育也难以企及的！

外人看来，陶星的成长经历是痛苦的，但是身在其中，陶星却体会到了母亲的爱和父亲的责任。身处这种畸形的家庭环境，他在体验中学会了怎样去爱。我们殚精竭虑地为自己的孩子撑起一片无风无雨的天空，自己咬着牙承担一切，为了孩子可以放弃一切，这是否是明智的做法？这是否值得称道？尤其是当猛然发现自己的付出并没有换来孩子同等的回报因而涕泪交流、肝肠寸断时，受到谴责的是否真的只有孩子？难道我们不该对自己进行深刻的反思？

孝女丁嘉丽

——亲情超越血缘，爱到永远

　　著名影视明星丁嘉丽两次荣获中国电影金鸡奖最佳女配角奖，一次获中国电影金鸡奖最佳女演员奖、中国电影表演学会奖，两次获得中国戏剧梅花奖。可是，我们采访她时，却发现她非常平易近人。更让我们惊讶的是她复杂的身世，以及她的家庭中浓浓的亲情。

丁嘉丽快人快语，非常坦诚，对于自己三代没有血缘关系的特殊家庭，对于自己离异的婚姻，一点儿也不避讳。而这一切，又丝毫没有影响爱的延续，相反，更表现出她人格的高贵，表现出她对爱的真挚和执着。丁嘉丽随和率真，说话大大咧咧，不假思索，高兴了哈哈大笑，动情时泪光闪闪。

她说的是家事亲情。

《红灯记》式的家庭：
三代之间没有血缘关系

丁嘉丽坦言，自己成长在一个非常特殊的家庭。她说："姥爷姥姥抱养了我妈妈。后来，爸爸妈妈又抱养了我。所以，姥姥在世时曾说，我们这个家呀，就好像是《红灯记》中李奶奶一家，三代人都没有血缘关系，但又特别亲。"

丁嘉丽很小就知道了自己是被抱养的。得知自己不是父母亲生的以后，她曾特别自卑。小朋友们也嘲笑她，有个同学还在黑板上写上"她不是亲生的"，惹得同学们都看她。她就觉得自己比小偷还难堪，很长一段时间抬不起头来。

后来评剧团一位阿姨对她说："小丽呀，你大了可得好好孝顺你妈妈呀，你妈妈把你养大太不容易了。"从阿姨口中，她才知道自己出生在三年自然灾害时期。那时候全国人都吃不饱饭，自己与姐姐离得太近。生下自己后，家里穷得没法养活，万般无奈之下，父母才决定把自己送人。那时的自己面黄肌

瘦，小脸上全是小皱纹，呼吸微弱，生命垂危。在饥荒之年，这样一个孱弱的女婴是很难送出去的。生母抱着自己一连送了七家，都没人家收养。最后是养母收留了自己。养母看婴儿孱弱的样子，对生母说："我尽力养吧，但要是万一养不活，你们可别怪我。"生母含着泪答应了。

为了养活自己，养母付出了许多艰辛。阿姨说："唉，你身体那么弱，你养母为你受的苦和累，三天三夜也说不完呀！"听了这番话，丁嘉丽心情非常复杂：为生母难过，为自己的经历难过。她开始体会养母的不容易，逐渐走出了自卑的阴影。

第一次上台就把整台戏都搅黄了。 妈妈为她撸虱子，整整撸了三天

丁嘉丽的妈妈（养母）是佳木斯市评剧团的"台柱子"，丁嘉丽从小在锣鼓声中长大。有一次，她在舞台旁边的大衣箱旁睡着了，被演员们随手扔的衣服盖住了。演出结束，妈妈找不着她，虚惊一场。耳濡目染，她从小就特别想当演员，特别想演戏。

丁嘉丽第一次上台是四岁半。那时剧团正演出评剧《三探御妹》，演出快开始了，一个小演员因故临时来不了，需要找一个小孩救场。这个角色只有一句话："御妹姐姐太好看了，我不走，我不走！"一边说着，就被大人拖下台去了。过程很简单。这可是小嘉丽期待已久的机会，她挤上去说："叔叔，我会，让我演吧！"可人家根本不理她，因为她平时太淘气了，剧团里都知道她是个小淘气包。等所有的小孩都试过了，不行，最后才让她试一试。当时，妈妈很严厉地瞪着她，那意思是不让她试。因为妈妈不愿意她干这一行。但她不顾妈妈目光的阻止，压

抑着兴奋,一试,通过了。导演决定让她上,还再三嘱咐她,上去就说这句话,别的不要说,说完就有人把她领下来。她郑重地点点头,跟着导演到后台化妆更衣。走上舞台时,她发现妈妈在侧幕条那儿盯着她,特别气愤。她装作没看见。这是她第一次上台,很兴奋,很荣耀,特别想看清楚下面的人。令她没想到的是,根本看不清台下的人,于是她不顾其他演员的拉扯硬是往台口走。忽然她认出了一个人,禁不住高兴地喊:"呀,张奶奶,您也来了!"这一喊,台下哄堂大笑,台后有人连叫坏了坏了,砸了砸了!大幕也哗地一声落下。她听到台下的观众在起哄、尖叫,还有鼓掌的。戏是怎么又开演的她已经记不得了,反正替那个小演员的不再是她。

现在,丁嘉丽早已经理解妈妈不愿意她当演员的苦心了。那全是为了她好。当演员太辛苦,没有时间照顾家。妈妈不但太辛苦,"文革"中还曾遭受到很大的冲击,被贴了很多大字报,满街都是。那些离谱的污蔑和批判,使妈妈受到很大的刺激,甚至一度产生了轻生的念头。尽管那时丁嘉丽还很小,她还是能记得小朋友们也都不与她玩儿了,不论她到谁家,人家都对她说:"走吧走吧,回家去吧。"小小的她都能体味到世态炎凉,更何况作为主要演员的妈妈呢?

妈妈敬业、爱岗,但不愿意"女承母业"。她希望女儿长大了从医。

但丁嘉丽却一直梦想当演员。读高中二年级时,沈阳军区杂技团到学校招生,她也积极报名,居然选上了。虽然她年龄大了点,练功迟了,但手大,可以学魔术。团里叫她先学报幕。第一站到了大连,因为她的疏忽报错了幕,使得刚下场的演员又要上场。杂技演员特辛苦,一场演下来,要利用其他演员上场的幕间休息好,再上场才能保持足够的精力,保证演出的安全和成功。这一重大失误使她结束了短暂的杂技团生涯。

回家后，妈妈只是简单地问了几句，并没有责备她。从艺未成，她却从大连带回满头的虱子，还有紧紧依附在头发根上的虱子卵，用药水洗也杀不掉。妈妈就拎起她的头发，一根根地撸。那时她还梳着辫子，头发挺长。妈妈好不容易把这半边的头发撸完了，睡一觉，虱子又跑了过来，第二天还得重新一根根地撸。妈妈为她撸了整整3天，才把虱子撸干净。

盼姥爷托梦给她，把想说的话说给她听。
对老人一定要细心，
这样才能少留遗憾

虽说没有血缘关系，丁嘉丽与姥爷的感情却非同一般。丁嘉丽小时候是"大舌头"，叫姥爷拐不过弯来，就叫爷爷，一直没改口。姥爷对她很疼爱。她小时候特别喜欢演戏却捞不着上台，姥爷就领她去"演出"。到商场，一气唱两个小时。许多人围着看，赞扬。姥爷给她当"托儿"，带头叫好，鼓掌。姥爷还把住处的小朋友都叫来，让他们坐好，拿糖块分给他们，组织他们看丁嘉丽演出，还指挥小朋友们鼓掌、叫好。这使小小的丁嘉丽很有成就感，很自信。

丁嘉丽拍完电影《山林中第一个女人》后，请姥爷去看。由于不够自信，买票时她特意要最后一排的，使得售票员用怪怪的眼光看她。电影开演了，看到自己的形象出现在银幕上，她很激动，还被自己表演的角色感动地落泪。黑暗中，她发现轻易不流泪的姥爷

悄悄抬起胳膊擦泪。回到家，姥爷很兴奋，一边喝酒一边赞叹："哎呀，不错呀！"姥爷的眼神里充满了赞许，也充满着类似于"怎么样？我从小没看错你吧"的自得。《山林中第一个女人》后来拿了金鸡奖，但丁嘉丽觉得姥爷的赞扬比获奖更重要。直到现在，她还是觉得没有任何奖励比姥爷的赞赏更让她感到欣慰。

后来，因为越来越忙，连她自己也没再能进过电影院，更没能再与姥爷去看过她演的电影。这成为她心中永远的遗憾。

姥爷到80多岁后，就像个老小孩，特别依恋丁嘉丽。他气管、心脏都不好，但看病却只跟着丁嘉丽去，也只服用丁嘉丽递给他的药。丁嘉丽深知姥爷的秉性，她事先嘱咐大夫，查完后要多对姥爷说些话。果然，医生说得越多，姥爷就越是满意，说：这个大夫好，以后还找他看。当时丁嘉丽片约不断，很多次都是因为姥爷的原因而辞掉了。好几次，她已经与制片厂谈好了条件，甚至量好了衣服，就差买火车票了。姥爷听说她要去拍片，说："小丽呀，我快不行了，你走了爷爷怎么办啊？"丁嘉丽说："爷爷，你放心，我不走。"就辞掉了片约。

丁嘉丽之所以如此地照顾和迁就姥爷，不光是因为姥爷从小疼她，还因为心存对姥姥的歉疚。姥姥去世时是70年代，丁嘉丽还读中学呢。姥姥临终时说要吃山楂片。丁嘉丽到处找，哪儿也找不到，由于季节不对，附近也没有卖的。姥姥已不能言语，只是用手指呀指的，丁嘉丽也看不懂。姥姥就带着这个遗憾去世了。后来丁嘉丽偶然发现，家里的小棚里就有许多山楂片，那是姥姥晒好的。姥姥手指的方向就是小棚子呀！她非常内疚，觉得十分对不起疼爱她的姥姥！所以，她对姥爷关怀备至。

但姥爷最后离开时，丁嘉丽还是留下了遗憾！

姥爷是93岁去世的，应当是高寿了。当时丁嘉丽刚生了孩子不久，复出拍《离婚》。那段时间特别忙，常常是整夜整夜地拍戏。有一天回家，姥爷对她说："爷爷想你了。"她问姥爷："爷爷，您

有事吗？"姥爷说："没事儿，就是想你。"由于太忙，丁嘉丽对于姥爷的反常表现并未在意。隔天，姥爷又说想她了，而且据保姆说，姥爷坐着就昏迷过去了。那时候正是拍戏最紧张的时候，如果她请假，剧组一天会损失十几万元。丁嘉丽对姥爷说："爷爷，你再等我一天，拍完，我就带你去看病。"姥爷说："啊，好。"第二天下午4点多，小保姆电话打到影棚，说姥爷不行了。丁嘉丽赶回家，姥爷已经"走"了。她得知下午2点姥爷叫她的名字，说对她有话说。但大家都觉得她太忙，没叫她。到下午3点，姥爷要酒喝。喝了一小口酒，姥爷眼一闭，就走了。丁嘉丽觉得特别遗憾，像是天塌了一样。她使劲打自己嘴巴。她常常祈祷姥爷在梦中与她相见，把要对她说的话说出来。她感叹："亲情最重要。亲情是没法弥补的。如果留下遗憾，会痛苦一生。对于老人，我们一定要细心、细心、再细心。如果我平时知道姥姥山楂片放在哪儿，如果我提前几天送姥爷到医院，老人临终时就会少一点遗憾，我心中也会少许多内疚。"

顺就是孝：
妈妈逢人就夸女儿孝顺
爱的奇迹：
女儿执著，父亲起死回生

对于自己的身世和家世，丁嘉丽是随着年龄的增长而逐渐加深了解的。姥爷和姥姥收养妈妈时，妈妈已经七岁了。亲姥姥和亲姥爷都过世了，是妈妈的哥哥照顾她。这小哥哥养活不了她，后来为给妹妹一条活路，要把她卖掉。丁嘉丽现在的姥爷路过街口，发现了他们，就收养了妈妈。妈妈和爸爸结婚后，因为怀着孕还坚持演出，流产了。怀的还是双胞胎，一对男孩儿。妈妈从此落

下病根，成了习惯性流产，不能怀了，后来就收养了她。说到身世，说到家庭，丁嘉丽动情地说："是命运让我们走到一起。我总感到我特别幸运。在那个特殊的年代，我们佳木斯有很多孩子是抱养的。但像我这样受到养父母疼爱的，不多。"

也许是因为妈妈对她太娇惯，也许是因为青少年时期的逆反，小时候丁嘉丽常常对妈妈犯犟，因为有姥爷"护"着她呢。再说，爸爸和妈妈工作太忙，在家的时间很少，她又一直上学，母女之间交流不多。妈妈主要是在精神上影响着她的做人和学习。大学毕业之后，她与妈妈的关系越来越好。妈妈对她艺术上的要求很严格，经常教导她。在生活上，父母亲对她的关心更是无微不至。丁嘉丽说："养父养母给了我太多的爱，今生今世无法报答。"丁嘉丽天天演出，为给她补充体力，妈妈就天天给她做小灶。那时候条件差，妈妈冒着寒风在东单排队买煤油，回家在煤油炉子上，用很小的锅，做丁嘉丽最爱吃的小烧饼。做这种小烧饼需要很精致很复杂的工艺，而且一次只能做一个，很费劲。有时刚做好一个，来玩的小演员看到了，流着口水说："啊，阿姨，真好吃。"就毫不客气地吃掉了。母亲就重新给丁嘉丽做。每当吃到香酥爽口的小烧饼，丁嘉丽都特别感动。

丁嘉丽对父母亲的理解与日俱增。她深有体会地说："人到了一定年龄才懂事，才知道应当尽孝。"特别是有了孩子之后，丁嘉丽越发体会到妈妈不容易，也越发孝顺父母亲。对于孝，她的理解是："顺就是孝。父母亲喜欢怎么着你就怎么干，父母亲愿意听什么你就怎么说。"妈妈爱干净，丁嘉丽总是把家里保持得很整洁。妈妈喜欢穿戴打扮，丁嘉丽每次到外地拍戏都给妈妈带回许多衣服和小饰物，以至于丁嘉丽的同事和朋友都戏称丁妈妈是"模特"。每次接到女儿买的衣服和首饰，妈

妈都特别满足："你给我买的这件衣服太好了，我就正需要这样一件衣服。"妈妈高兴地逢人就说："我不让她买，她偏要买。唉，我这闺女特孝顺！我哪一辈子积德了，摊了这么个好闺女！"

爸爸的喜好在某些方面与妈妈正相反，给他买东西，他总是说太贵，埋怨女儿乱花钱。给他买回衣服，他先问多少钱，丁嘉丽知道父亲节俭，有时明明是100元，只说50元，但父亲还是说太贵。弄得丁嘉丽哭笑不得。父亲年纪大了，有点像姥爷，对她很依赖。她说："也怪了，爸爸每次生病都是我在北京的时候，这不是缘分又是什么？"

说起爸爸那次起死回生的经历，丁嘉丽激动不已也庆幸不已。

爸爸心脏不好，那次也是因为肺心症住院。经过一段时间的治疗，看上去已经完全恢复了。那天阳光很好，病房里，父女俩随意地聊着，很温馨。话题不知怎的就说到了丁嘉丽的孩子，爸爸提了个要求，其实是一件很小很小的事，丁嘉丽想也没想，随口就说："爸，这事儿你别管了，交给我吧。"因为爸爸很娇惯孩子，就像姥爷当年娇惯她。所以她没有答应。聊着聊着，丁嘉丽忽然想起来还为爸爸煲着汤呢，就出去看了一下。就这么一小会儿的时间，回来，医生和护士沉痛地告诉她，爸爸突发心脏病，抢救无效，已经去世了，就等着她回来看一眼就盖上那块白布。丁嘉丽一下子蒙了，她不能接受这样的事实。但是那一刻，她的大脑又特别清醒，她知道这时候不能哭，要紧的是抢救爸爸。她请求大夫无论如何也要把父亲救过来，哪怕就只清醒那么一小会儿，她要亲口答应爸爸的那个要求，不能让爸爸带着遗憾走。她再三请求，医生说，那只有用电击试试，但不一定管用，而且会弄得死人很难看。丁嘉丽说，需要什么手续我来办，不论什么后果我都接受，就电击吧。但一

连电击了两次，都没有效果。医生要放弃。丁嘉丽说："别，再试一次吧！"第三次电击，爸爸双脚一跳，有了反应！经过医护人员的抢救，已经被宣布死亡的爸爸居然又被救过来了！86岁的父亲醒来，第一句话就是："小丽呢？我女儿小丽呢？"丁嘉丽喜极而泣，爸爸还对她开玩笑说："阎王爷不让我去，我就又回来了。"

爱，有时真的能产生奇迹。

该出手时就出手，
该管住孩子的时候心一定要狠

两段无疾而终的婚姻，让丁嘉丽拥有了一双可爱的儿女，大的读高中，小的读初中。两个孩子都很优秀，在家孝敬姥爷、姥姥、妈妈，在学校尊敬老师、帮助同学，特别是表现出很强的爱心。有一次，班主任告诉丁嘉丽，她的儿子特别有爱心，班里有个同学因为父母离婚了，情绪低落，这小家伙就找到他谈心，鼓励他正确对待。在他的帮助下，这个同学很快振作起来。

丁嘉丽认为，许多孩子之所以不好管、不懂事，最重要的原因是我们已经有两三代人没有接受圣贤人的教育了。这是一件很悲哀的事情，没有接受圣贤人的教育，就不懂做人的根本。而做人最根本的就是德行，德行的根本首先就是孝道。她认为，在很多时候，我们不能把孩子种种偏颇的行为统统归咎在孩子身上，有很大一部分原因是做父母的没有做到，父母没有教他。而这种教，最重要的是要以身作则，要先身体力行。"家庭是什么？家庭就是需要每个人用心付出的地方，需要每个人都懂得负责任、懂得关怀、懂得恩义，父母要把爱传递给儿女。如果孩子不懂得这些，没有这些意识，会变得很自私。"她说，"在

教育孩子上，目前普遍存在的最大问题就是宠而不教，或教育很薄弱。"

在孩子还小的时候，有一次，丁嘉丽出去拍戏，有两个半月没回家。尽管她每天都跟孩子通电话，但回家后，还是发现孩子变化很大，变得特别任性。因为孩子的姥姥和姥爷觉得，丁嘉丽不在家，孩子太可怜了，再加上隔代亲，孩子要什么给什么，什么都替孩子干，无论孩子有什么要求，都无条件满足。丁嘉丽回家的第二天，领儿子去商场，儿子在玩具柜看见小鹿，他一定要买。丁嘉丽不同意，因为家里玩具很多了，都放不下了。一开始还跟他讲道理，因为之前讲道理儿子都能听进去，但是这一次，儿子忽然间变得很无理，竟然在商场里就地撒泼、哭、闹，引得许多人围观。丁嘉丽觉得很丢人，也很生气，就把儿子拽到商场门口。到了门口儿子还在哭，拽着妈妈往回走，还是死活要买。当时是夏天，在扯拉当中，丁嘉丽脚下一滑，控制不住自己就要摔倒，而且是砸向孩子身上，就在这一瞬间，母亲的天性使她把孩子奋力地拽在前面，自己重重地跌倒在地，而孩子摔在她身上。孩子没伤着，而丁嘉丽却有好几处摔破了皮。围观的人来拉丁嘉丽，丁嘉丽觉得非常痛，知道是一条胳膊骨折了，赶紧喊："别拽我！"她忍着痛，慢慢爬起身。儿子一下子傻了，连说："妈妈，对不起！对不起！"这时候的丁嘉丽反而特别冷静。等到围观的人都散了，她把儿子领到一个角落，给儿子喝点水，两个人慢慢平静下来，然后平静地与儿子交谈，直到儿子诚恳地承认错误。

就这一次"较真"，就把儿子的坏毛病给掰过来了。现在儿子已经读初二了，有时候，跟妈妈到商场，买东西的时候，他在那儿站着。妈妈问他："你需要吗？"儿子总会理智地作出决定。

第一筷子夹给谁，这是个重大问题

在日常生活中，丁嘉丽处处给孩子做出榜样。她尽心尽力侍奉父母，孩子就自然而然地跟着学。吃饭的时候，一家人围坐在餐桌旁，许多家庭是把最好的先夹给孩子。而丁嘉丽在吃饭时，总是先给妈妈和爸爸夹菜。这样做的时间长了，有一天吃饭时，她给妈妈夹菜，儿子伸出筷子小心翼翼地给她夹了一点素菜。这使丁嘉丽特别感动。但她并没有表现出感动，也没有表扬孩子，目的是让孩子觉得这样做是应当的。现在给孩子买了什么好吃的东西，孩子在吃的时候总是先给姥姥，再给姥爷，还要给妈妈，最后才是他自己吃。对于那些带着孩子去麦当劳，买了东西让孩子吃，做妈妈的则眼巴巴地看着，丁嘉丽特别看不习惯。母亲的心是可以理解的。这是爱孩子，但同时也是在害孩子。孩子觉得就是应当他吃，妈妈不该吃。这种自私的孩子，就是大家常说的"小皇帝"，怎么可能会关心父母、孝敬父母？也不可能关心他人、帮助他人。

让儿子自己洗臭袜子

在家里，丁嘉丽对妈妈非常关心，经常说："妈妈，你辛苦了。"日久天长，现在寄宿在学校的孩子周末回家，第一句话就是："姥姥，你辛苦了。"如果丁嘉丽在家，还要加上一句："妈妈，你辛苦了。"

丁嘉丽的儿子住校，开始的时候，他每周拿回家六七双臭袜子。有一天丁嘉丽发现竟然是老父亲在给儿子洗臭袜子。父亲那么大年纪了，吃力地弯着腰，身子又胖，都喘不上气来了。丁嘉丽那个生气啊，心疼父亲，又不能对老人发火，就说："爸，我求求你，

你别这样行不行？这样你会把他惯坏了的。"老人一边洗一边还乐呵呵地说："不用你管，我愿意。"

　　说不通父亲，丁嘉丽就反过头来做儿子的工作。她对儿子说："你看你姥爷那么大年纪了，凭什么叫他给你洗袜子？"儿子还挺有理，说："我们同学都这样。再说，我没时间，我学习太紧张了。"丁嘉丽说："这是理由吗？你自己的事情不自己做，怎么可以呢？你爷爷这么大岁数了，你应该去为爷爷洗袜子，现在你反而让爷爷给你洗，凭什么？"儿子说："不凭什么，就凭天下父母都这样啊，谁都这样，我同学哪个都这样。这时间我可以用来学习。"丁嘉丽严肃地说："不行。这不是理由。洗几双袜子不影响你学习。只要抓紧时间，把要做的事安排得有条理。每次回家要先洗完袜子，再学习。"然后她又对父亲说："爸，孩子说他要自己洗，试试。"老父亲听了，只好作罢。于是，儿子开始自己洗袜子。还有一次，儿子回来，把家里翻得很乱，把姥姥气走了。儿子意识到自己做错了，主动收拾房间，向姥姥认错。可以说，正是从洗袜子开始，儿子养成了自己的事自己做、生活安排有条理的好习惯。

为什么不把课本
给孩子送到手中？

抓住孩子出现的问题进行教育，是丁嘉丽的一条重要经验。她说，孩子出现的任何一种情况，可能都是父母对他进行教育的机会，这时候就不要放松。这时候进行教育，往往事半功倍。

丁嘉丽的儿子和许多同龄的男孩子一样，曾有丢三落四的不良习惯。回家把东西一扔，临走时火烧火燎地收拾东西，经常把东西落在家里。有一次，儿子居然把语文书落在家里了，丁嘉丽心急火燎地去给儿子送，可是走到学校门口了她却没进去。她觉得不能养成孩子的坏习惯。她没把书送到儿子手中，而是给语文老师打了个电话，通报了自己的想法，与老师取得沟通后，她又把语文书带回了家。

老母亲看到丁嘉丽把书又带回了家，替外甥着急，再三埋怨丁嘉丽，说这下子孩子可受了大难为了，回家肯定要大哭一场。丁嘉丽则笑嘻嘻地对妈妈说："没事儿，叫他长点记性！"妈妈无奈地说："你呀！你呀！从小就是个'刘胡兰'。"原来，丁嘉丽小时候依仗着姥爷祖护她，不大听妈妈的话，有时妈妈教训她，她倔强得很。

周末，儿子回来了，进门没有哭，而是朝着丁嘉丽做了个鬼脸："哎呀老妈，这星期我可惨透了，语文老师天天批评我！"丁嘉丽则朝母亲做了个鬼脸，妈妈也会心地笑了。

与前夫做朋友，
在孩子心中树立父亲的形象

对于自己的婚姻，丁嘉丽也毫不掩饰。"我真心告诫大家，不要轻易地离婚。夫妻离异，对于孩子的性格总有影响的。有孩子的，要多想想孩子。""离异后，有的母亲不让父亲看见孩子，这是不对的。我与孩子的父亲经常通电话讨论孩子的问题。要在孩子心目中树立父亲的形象。我对孩子说：'你父亲是很伟大很优秀的男人。'孩子就问我：'那你们为什么还要离婚呢？'我说：'那是另外一回事。'"

她接着说："带孩子到公园等地方玩，看到别人家的孩子都是由父母亲领着，孩子也有想法。这时，我也感到愧疚。孩子希望我们两个人陪他出去玩。我们都尽量满足。父爱是什么也替代不了的。男人和女人思维不一样。不能让孩子因为你的过失失去父爱。我经常给前夫打电话，提醒孩子过生日了，给孩子礼物。孩子最好的榜样是父母。尽管我们两个恩怨很多，当时我也有很多怨恨。但随着时间的推移，觉得自己的过错也很大。现在我注意尽量弥补给孩子造成的伤害。与前夫做朋友，心平气和地说一些事情。"

"我不止一次当着孩子的面嘱咐前夫：'要当心，注意身体，你的颈椎不好。'孩子也学会了，有一次他对爸爸说这样的话，把他父亲感动得眼泪汪汪的。过后专门给我打电话来说：'谢谢你。'"

感悟与思考 >>

百善孝为先。丁嘉丽用心行孝、细心行孝，不仅让长辈幸福，让家庭和睦，更以她的孝心孝行影响了子女，诠释了孝的内涵，谱写了一曲孝的赞歌。

用心，点滴中有孝心。或许只是一句简单的问候，或许只是为父母夹菜，或许仅仅是注意到父母的情绪变化而关心、宽慰，但丁嘉丽用心去做，就可以让家庭更温暖，让父母倍感欣慰。从细处做起，丁嘉丽让平淡琐碎的生活充满了融融暖意。

"以顺为孝"，理解中有孝心。行孝，只为让父母生活得更幸福一些。如果生活中多一些顺从之心，父母一定能够获得更多的幸福。生活中往往没有大风浪，更多的是随时可能产生的小情绪。让父母顺心，往往可以为父母赢得更多的幸福。在以往的生活中，父母已经付出了太多，已经承受了太多。面对年迈体弱的父母，丁嘉丽对他们的要求尽量尊重和包容，让年迈的老人体会到更多的温暖。

从现在做起，行孝不留遗憾。"子欲养而亲不待"，生活中常常听到这样的遗憾。或者是生活太忙碌，或者是生活太贫穷，或者是距离太遥远……丁嘉丽在忙碌的生活中，总能找到行孝的机会。或者是细心的嘘寒问暖，或者是体贴的一碗热粥茶水，或者是饭桌上夹到碗里的饭菜，或者是生活计划的用心调整，丁嘉丽，以她生活中无处不在的孝心让老人倍感生活的温馨。

生活中，你是不是对生养自己的老人忽略了太多？是不是也苦恼于不能好好孝敬他们？那么，调整自己的生活多关注他们，尽力回报这些始终在呵护自己生命的老人吧。

孝官说孝

　　人物档案：李宝库，原国家民政部副部长，现任全国政协委员、全国老龄事业发展基金会会长，全国敬老、爱老、助老主题教育活动组委会主任等职。他多年从事孝道文化的研究，提出了一系列有见地的主张，在全国甚至全球华人界颇有影响。很多人称他为"全国老年人的头儿"，老年朋友们则更喜欢叫他"孝官儿"。

赵川（《天下父母》主持人）：您好。我曾查阅了您关于孝的大量资料。请问您怎么会对研究孝道如此情有独钟？

李宝库：两千多年前，孔夫子在《孝经》里就说，孝敬父母是一件天经地义的事情。日月星辰运行于天，春夏秋冬变化于地，父母生、父母养，孝父母，世代相传。这都是宇宙之间恒久不变的规律，孝敬父母是天经地义的。而且，弘扬孝道对于我们当前构建和谐社会、落实胡锦涛总书记所提出来的"八荣八耻观"，都是一脉相承的。所以我对孝的宣传应该说是比较执著吧。

赵川：熟悉您的人都知道您是一个大孝子。但是在很多场合，您却说我只谈孝道，不谈我自己怎么去做。在您主编的《中国敬老故事精选》里，有这样一个点评：双倍的孝心，也报答不尽母亲的养育之恩。那咱们能不能谈谈您的母亲呢？

李宝库：我觉得我的妈妈是一位非常了不起的女性。我兄弟姊妹7个，我是长子，是老大，母亲把我们一个一个养育大，把我们一个一个教育好，非常不容易。因为我爷爷被日本鬼子打死了，我奶奶很早就守寡，我母亲对我奶奶特别孝顺，这些我都看在眼里记在心上。母亲养育我们兄弟姊妹的时候，我记得早晨是妈妈起得最早，夜里她睡得最晚，家里要有好吃的东西，我们大家一起吃，吃完了，不太够了，妈妈说，那算了，我今天欠一点吧，再做饭也挺麻烦的。我觉得我要是不能够善待我的母亲，我就对不起她。包括我现在在外面工作，说是做了一点领导工作，做了一点什么工作，听上去挺给母亲长脸的，但是我觉得妈妈很可怜，虽说是养一个儿子，听起来还不错，在外头做什么，但是一年能够在妈妈的跟前伺候她老人家的时间很短。所以我心里老有一种歉疚。

赵川：您一谈到母亲，就很动情。

李宝库：《中国敬老故事精选》是2004年为了弘扬孝道而编的，这80篇文章是从几千篇文章里选出来的。其中《母亲是钟》是我从《中国老年报》上看到的。它讲了这样一个故事：一位母亲一辈子辛勤劳作，就像一架钟表一样。小时候家里穷，没有钟表，儿子就常常跑到隔壁的烟酒店看人家货架子上面那个老钟。看来看去老板烦了，说："看什么看？想看自己回家买一个钟，自己好好看！"儿子很委屈，回家跟妈妈诉苦，妈妈说："孩子，咱们人穷志不穷，人家不让看，以后妈妈给你报时吧。"这个孩子以后考上了中学。中学要上早自习，为了保证孩子早自习不误点，妈妈夜里不敢睡踏实，一夜要起来几次看天上的星星，听公鸡叫了几遍了。有一次是冬天，天上没有星星，阴云密布，也没有听到鸡叫，母亲就沉不住气了，觉得时间差不多了，就赶快叫孩子起来穿衣吃饭，背上书包跑到学校。等孩子到了学校，只见校园大门紧闭，传达室里的钟表当当响了两声。才凌晨两点，来得太早了。再回家吧，路很远，来回奔波不值得；进学校又进不去，穷人家的孩子衣服又薄，在那站着又冷，孩子就在校门口跑步，一直跑到天亮学校开门。他回家后对妈妈讲了这个过程。母亲听了非常难过，流下了泪。第二天孩子放学回到家，看见桌子上放了一只崭新的小闹钟，而母亲脸色苍白躺在床上。小妹妹对他说，妈妈卖了血买了这个钟。我觉得这就是母亲。

赵川：那么，您是怎么给这个小故事写点评的呢？

李宝库：我说，母亲的伟大在于母爱，母爱的伟大在于无私。

赵川：这一段短评写出了很多意味。但是我们现在可能有

很多孩子，母亲这样把他们喂养大、养育大了之后，就把母亲忘记了。

李宝库：人老了以后，就变成了社会的弱势群体。按说，老人对国家、对社会、对家庭辛苦劳作了一辈子，作出了贡献，是有功之臣，理应受到我们大家的尊重。但是，人老了以后各方面总是衰退的，包括身体、智力、记忆力等。有些人想不到这一点，对老年人有一种年龄歧视。这是一个世界性的问题，所以联合国召开的世界老人会议提出，要建立不分年龄、人人共享的社会，就是要善待老年人、尊重老年人、关爱老年人。

赵川：在谈孝道的时候，可能会存在一些误区，您的一些文章里面也提到了孝道的一些误区，如，有一味推崇孝道的，也有一味反对孝道的。我们应当如何正确地理解孝道？

李宝库：在历史上，最早提出孝道的是孔子。孔子对孝的概念第一是养，第二是敬，第三是谏净。到了汉朝，罢黜百家，独尊儒术，就把孝抬高到了不适当的高度，叫以孝治天下。孝治就是德治。我想这就抬得有点过高了。如果一个社会光靠德治，就能治吗？应该是德治和法治结合起来。德治是管好人，还必须用法治管坏人。光靠一个方面是治不好国家的。到了"文化大革命"期间，我们又否定一切，孔孟之道、孝子贤孙，一切都是封建的，统统打倒在地。两个极端都是不对的。还有人说，淡化孝道是社会的一种进步，这也是一个错误的观点。

赵川：现在很多家长抱怨自己的孩子不听话，不孝顺。那么，如何看待孝顺？对于孩子听话不听话，我比较同意这种观点：家长说的对的就听，不对的不听。如果不论家长说什么都得听，不成了愚忠愚孝了嘛。我不知道您怎么看？

　　李宝库：两千多年前，孔夫子在《孝经》里早已经解决了这个问题。《孝经》第十五章，曾子问孔子："唯为父之命是从就是孝吗？"孔子说："这是什么话？！从前天子有谏诤之臣七人，虽然无道也没有失去天下；诸侯有谏诤之臣五人，虽然无道也没有失去其诸侯国；父亲有能够提意见的儿子，就可以保证自己不陷于不义。唯父之命是从，怎能说是孝呢？"我们现在不强调孝顺，而强调孝敬。对于父母不能是百依百顺，做父母的也不能觉得自己是一贯正确的，你全得听我的。当然，作为儿子，即使父亲讲得不对，也要注意方式方法，要耐心地去做父母的思想工作，不要拍着腿瞪着眼睛跟他吵架。这样不好。

　　赵川：看来一个"顺"字和一个"敬"字差别非常大。今天我们来谈孝道，对我们的社会、人民好处在哪儿？

　　李宝库：我觉得在当前谈孝有着尤其重要的意义。现在中国的老年人是1.45亿，占到了13亿人口的11%。上海的老年人已经达到了总人口的19.8%了，这比例非常大。山东也达到了14%了。这么多老年人，如果我们不能够关爱他们、善待他们，怎么能使整个社会和谐呢？我们现在全国有3.7亿个家庭，每个家庭里面按照"4∶2∶1"的家庭结构，爷爷奶奶，外公外婆，四个老人，一对夫妇，一个孩子，那么，在一家里面是老人多，年轻人少。如果不能够善待老人，这个家庭怎么和谐啊？所以我认为在目前来说，构建和谐社会要解决代际关系。对于家庭关系的和谐来说，孝道是非常非常重要的。孝道得从娃娃抓起，我们的下一代是祖国的希望，我们必须把他们培养好，使他们健康成长。但基于我们的国情，不得不搞计划生育的国策，是一家一个孩子，缺者为贵，这是常理。还有就是人的本能，父母爱孩子是本能，

而爷爷奶奶、姥姥姥爷隔代更甚。所以有的时候父母管孩子还能管得住，换了爷爷奶奶则完全是"双手投降"，因为他们爱孩子爱得一塌糊涂，全家捧着，从出生一直捧到上大学。在这样的环境里面长大的孩子，他就不懂得什么叫感恩，不懂得什么叫回报，不懂得什么叫责任感。这样对孩子们健康成长是很不利的。但是这不能怪孩子，要怪父母。"子不教，父之过"嘛。

赵川：您觉得我们对孩子的孝道教育应该怎么做？

李宝库：我觉得家长、学校，包括幼儿园、小学，包括社会，都要一起来做这个工作。一方面要爱孩子，一方面还要给孩子讲道理，让他知道，爸爸妈妈生你养你不容易，你应该爱爸爸妈妈，回报爸爸妈妈。古人还讲孔融让梨。有一个苹果，要先送给爷爷奶奶吃、外公外婆吃，不要全是你自己的。家里要有这种教育，到了幼儿园也要教育，到学校也要教育。但是，还有最重要的一点：父亲母亲在孝敬爷爷奶奶、外公外婆上首先要做出榜样。身教胜于言教。你自己不孝敬老人，光想小孩子孝敬你，没门儿。

赵川：孝道是中华传统文化很璀璨的一部分。但是现在，我看周边一些国家做的，反而比咱们要好。比如前不久韩国的李军翼背着老父亲到中国看孔庙的事情，影响就很大。李军翼自己动手制作了一个背椅，背着父亲游览了金刚山，又来到中国游览了曲阜。看到这段新闻时，我心里特别感动。

李宝库：咱们周边一些国家，特别像韩国、新加坡等，对孝道的认识和实践从总体上来说比我们好。我看过韩国的一个资料，90%的人认为孝是一切伦理道德的根本，一个人如果不孝父母，就不能够委以重任。有这样一个例子：有个年轻人很能干，公司准备提拔他。但是一调查，他结婚以后不

能够善待父母。公司不但没提拔他，反而把他解雇了。公司的理由是："不要让这样的人影响了我们公司的声誉。"孝道对韩国人来说，重要到如此的程度。

赵川：我听说您曾提出一个好干部的若干标准，其中有一项就是孝的标准，也是出于这个考虑吗？

李宝库：对，我在政协会上提过这个意见。我认为，考察干部也要看他是不是孝敬父母。如果一个人连自己的生身父母都不孝敬，他能够勤政为民、效忠国家吗？我认为这应该是一个方面的标准。现在很多地方都有这样的规定，不孝敬父母的人不能重用。广东有一句话说：孝敬父母的人，坏也坏不到哪儿去，因为他孝敬父母，有良心啊。有良心你就帮助教育他，他犯了错误也还有改正的基础。我在这句话上又加了一句话：不孝敬父母的人好也好不到哪儿去。他连父母都不孝敬，在外头说得天花乱坠，表现挺好，很可能是假的，做样子给人看的。

赵川：那么在您的心目当中，什么样的人可以称得上是孝子？

李宝库：孝子，我想是这样：一个方面对待自己的父母要有物质上的保证，吃饱、穿暖，有病治病，在精神上要使他得到安慰，心情愉快。另一方面，对社会的老人，应该"老吾老以及人之老"，人人都是父母所生父母所养。你对你的父母非常好，你对别的老年人也应该好。第三条是，不但在家里孝敬父母，对别的老年人也好，还要自己刻苦学习、努力工作，为社会作贡献，报效国家，事业成功。你做得越好，父亲母亲越高兴，我觉得这是对父母最好的报答。

附录　李宝库写的《孝亲敬老歌》

天地下，人世上，
爹娘恩深似海洋。
从小懂得敬父母，
长大报国好儿郎。

娘家爹，婆家娘，
将心比心一个样。
两边父母都孝敬，
和睦家庭喜洋洋。

乌鸦反哺拳拳意，
羔羊跪乳意长长。
我今敬老本当敬，
也为后人做榜样。

日出东方好辉煌，
黄河入海万里长。
中华孝道传千古，
千古美名第一桩。

感悟与思考 ≫
· · · · · · · · · ·

　　"孝官儿"是个官，身居要职，心系中华民族孝道文化的研究与传播；"孝官儿"不是个官，是老百姓封给他的亲切称呼。李宝库的"孝经"不仅说得好，做得更好！

　　中国的孝道文化发展起起伏伏，在现今日趋进入老龄社会的境况下，再提孝道尤其重要，因为这关乎中华传统美德的传承，关乎中国公民整体素质的提升，关乎和谐社会的构建。孝道文化需从娃娃抓起，我们给家里的"掌上明珠"们太多的关爱和照顾，在这百般呵护下，孩子们不懂分享、不会合作、责任心渐渐缺失。这样的一代人长大以后，又怎会想到赡养、尊敬自己的长辈呢？又怎能委以重任，又怎敢指望他们报效国家呢？只有以理性的爱做前提，新时代的孝道才会被赋予新的含义。如今的孝不再需要恣蚊饱血，也不再需要扇枕温衾，需要的只是我们为人儿女的一点温情、一点体贴、一点关心、一点敬重。